Pau Juvillà Ballester

EL VERTIGEN INTERIOR

Pagès editors
LLEIDA, 2024

Sant Salvador, 8 – 25005 Lleida
www.pageseditors.cat
editorial@pageseditors.cat

Primera edició: febrer de 2024

ISBN: 978-84-1303-519-2

DL: L 5-2024

Imprès a Arts Gràfiques Bobalà, S L
www.bobala.cat

imprès a **lleida**

Antonio Sirvent, funcionari de la Paeria, contestava l'interrogatori arran del seu procés de depuració. Quan li van preguntar per noms de "destacados izquierdistas de su departamento" va respondre que "nada puedo contestar que guarde relación con ello". A les acusacions d'"abogar por el triunfo de la República" diria, en l'escrit d'al·legacions del 6 de maig de 1939 dirigit al jutge instructor del seu expedient: "¿Que he abogado por el triunfo de la República? No lo puedo negar, porque toda persona que tenga un ideal, aspira a contemplar su realización".

Mai més va tornar a treballar a l'Ajuntament.

A la memòria dels Sirvent.

"Si tornés a viure, seria el doble de comunista".
Àlex de Sàrraga (6 de juny de 2022)

Capítol 1
"Un golpe de suerte"

La vida està feta de detalls d'aparença insulsa,
però d'una força incontestable.

David Marín, *Ciutat fantasma*

Juan Martín picava febrilment a la seva màquina d'escriure Hispano Olivetti mentre xuclava, amb ànsia, la darrera vida de la seva cigarreta abans d'esclafar-la contra un cendrer ple de restes inertes. A la taula de davant, Vicente Soler desfeia el diari del dia anterior amb el qual embolicava l'esmorzar, mitja barra de pa farcida de llom i pebrot verd fregit que tenia previst acompanyar amb un quinto. Va estendre metòdicament els papers del diari damunt de la taula amb la mà plana, mentre n'allisava curosament totes les arrugues, va col·locar l'entrepà just al centre fent-li una mirada de satisfacció i va procedir a l'acte de degustar-lo amb mossegades lentes i precises.

—Hòstia, Juan, no descanses mai, eh? Para un momentet i ens fotem una cervesa a mitges.

—Els qui no descansen mai són aquests fills de puta, aquests comunistes —va dir sense aixecar la vista del paper mecanografiat—. Saps quin es el problema? Que entren per una porta i surten per l'altra! Que cada cop som més tous, mecagondeu, vint anys enrere ho hauríem acabat ràpidament.

Allí, als baixos de l'imponent edifici del Govern Civil de Lleida construït per Regiones Devastadas i inaugurat pel Caudillo en persona amb tota la pompa el setembre de 1955, els qui es consideraven la flor i nata de la Policia, la Brigada Político-Social, teixien l'entramat repressiu contra qualsevulla persona que gosés posar en dubte el règim que, des de 1938, dirigia amb mà de ferro la ciutat.

—Preparen alguna cosa per a aquest Primer de Maig —li va dir mentre, ara sí, el mirava de fit a fit—. Fa dies que hi ha moviment als canyissars.

—Va home, no et preocupis tant —li va respondre, mentre clavava una mossegada al centre de l'entrepà—. Qui són? —va dir tot mastegant.

—Els quatre de sempre, però no tenim ningú que ens pugui informar del que tramen i això em fot nerviós.

—Vols que els anem a fotre un ensurt? En podem detenir un o dos. Segur que collant-los una mica aquí als calabossos..., una o dues nits els estovaran —deia mentre es torcava l'oli dels llavis amb un mocador de roba.

Juan va aixecar el seu metre noranta i es va posar a passejar amunt i avall pel despatx, mentre utilitzava els dits a manera de pinte per a les temples del seu abundant cabell castany. Va treure's un paquet de tabac de la butxaca de la camisa, va agafar una cigarreta amb dos dits, la va encendre i es va girar per a mirar el seu company.

—Si ho fem, sabran que els anem al darrere i aturaran el que preparen.

—Ja ho saben que els vigilem. És evident, no som pas una legió i ens coneixem tots. Lleida és molt petita... —va respondre l'altre.

—Sí, però si els detenim quan en facin alguna de grossa els podem tenir més d'un parell de dies al calabós, i potser aconseguirem que els posin una bona multa i els passin les ganes de tornar-hi.

—Ho dubto, són tossuts els malparits aquests... —El seu company obria una segona cervesa per fer passar la resta de l'entrepà.

—Vint anys enrere ho hauríem acabat ràpid —va dir de nou—, fills de puta.

—Avisem el *jefe*, no?

—Avisem tot Déu i estiguem preparats, no se m'escaparan —serrava les dents mentre regirava carpetes dins de l'armari dels expedients.

Vicente va plegar els diaris tacats d'oli, en va fer una bola, la va llençar a les escombraries, es va netejar els dits curosament i va posar la màquina d'escriure davant seu amb posat indolent. Abans de començar, va arrufar les celles, com si pensés, i es va tornar a mirar el company.

—Ah, sí, escolta. Ha arribat una informació sobre un regidor de l'Ajuntament. És aquí, entre aquests papers que remenes. Res, que es veu que té alguna martingala, estraperlo i mà a la caixa de l'Ajuntament.

Juan va encongir els ulls i se'l va mirar:

—Què?

—És aquella de color ocre, la que hi posa J. B. Ens han dit que ens ho miréssim per sobre, que no ho remoguem gaire. Es veu que coneix molta gent, aquest paio. Si vols, fes-hi una ullada, però ja et dic jo que això es morirà aquí.

Al Martín se li van empetitir les ninetes.

Capítol 2

"Nada que perder"

(1 de maig de 1969)

No pateixis, Núria, aquests estan tan controlats que gairebé són de la família.

David Marín, *Mala lluna*

El 1969 alguna cosa es començava a moure sota la catifa d'un franquisme que, sense saber-ho, enfilava la recta final. Després d'una llarga travessa de repressió ferotge i silenciada de la dissidència al règim del general Franco, començava a créixer la contestació social i les diferents organitzacions cíviques, veïnals, obreres i polítiques iniciaven un tímid procés d'articulació que desembocaria, anys mes tard, en l'anomenada Transició.

La ciutat de Lleida no restaria al marge d'aquells esdeveniments. La nota enviada pel Govern Civil als diaris locals els dies previs al Primer de Maig d'aquell any ja avançava les sospites que alguna cosa s'estava ordint a la capital del Segrià:

> La fiesta de San José Artesano instituida oficialmente el día 1 de mayo para exaltar y dignificar el Trabajo, es buscada por algunos grupos como ocasión para agitaciones y manifestaciones que, aunque provocadas por pequeños grupos y minorías subversivas, pueden dar lugar a alteraciones momentáneas de la paz social y del orden público.

L'avís continuaria després, amb una advertència més explícita, la de l'aplicació de l'article 2 de la Llei del 30 de juliol de 1959 "a los que originen tumultos en la vía pública y las manifestaciones y las reuniones públicas legales o que produzcan desórdenes y violencias".

Però ja era tard. Feia dies que grups d'entre vint-i-cinc i trenta persones es trobaven als canyissars del riu Segre, a la zona propera al barri de Pardinyes, per a preparar les mobilitzacions del Dia Internacional del Treball. Ho feien ben protegits per un sistema de seguretat rudimentari que consistia en diverses persones apostades en les proximitats de la reunió. Fou segurament gràcies a aquesta mena d'operatiu simple que, malgrat els nervis i les mirades constants a dreta i esquerra dels assistents, la Policia no hi va fer acte de presència.

Ell hi era, com sempre. Alt i prim, gairebé escanyolit, la figura de l'Antonio Farré destacava sobre la resta dels congregats. En aquell lent desvetllament contra la dictadura, havia anat resseguint la memòria dels perdedors, dels seus, movent-se en tots els ambients que fessin olor d'antifranquisme fins a esdevenir una figura significativa en tot el que s'hi coïa, un pont entre les diferents sensibilitats polítiques que confluïen en la voluntat d'enderrocar el règim. Ho sabien els seus companys de lluita i ho sabia, també, la Policia.

Aquell Primer de Maig de 1969 una mena de tensió elèctrica, com un mantell de boirina fina, inundava tots els racons de la ciutat. Els núvols amenaçaven pluja a la capital del Segrià i, des de bon matí, diversos agents de la Brigada Político-Social, de paisà, però que sobradament tothom coneixia, es movien discretament amunt i avall pel carrer Major. Els acompanyava el llavors governador civil, José María Martínez Val, i l'advocat del sindicat vertical, que vestia la camisa blava de rigor amb el jou i les fletxes d'un vermell intens brodades al pit, planxada convenientment per la seva dona just abans que sortís de casa. No pintava bé el dia, no.

L'Antonio es va acabar d'afaitar repassant-se, lentament i amb cura, els darrers contorns de les galtes xuclades i la barbeta punxeguda, mentre l'olor de cafè s'esmunyia per sota la porta del lavabo. Es va fer la clenxa cap a l'esquerra amb el pinte marró, que guardava com un record del seu pare, i va encendre la primera cigarreta del dia. Els seus dits, que apuntaven color groc en els seus extrems, anunciaven que no seria la darrera.

A la cuina, l'esperava la Carmeta, la seva dona, que feia més d'una hora que estava llevada i ja havia enllestit aquell espai, el menjador, i li havia preparat l'esmorzar. Una llum vergonyosa entrava per la finestra que donava al carrer Baró de Casa Fleix il·luminant subtilment els fogons i la pica de marbre que, a manca de dutxa i rentadora, servia per a plats, roba i persones. La tassa d'aquell líquid negre encara fumejava quan la va agafar amb les dues mans i se la va acostar a la cara. La Carmeta, darrere de les ulleres que duia a mig nas, l'observava. Ho sabia.

—Hi has d'anar, Antonio? Sempre ets a tot arreu, no cal que ho facis tot tu, coi! Deixa alguna cosa per als altres.

—Hi ha molta gent que s'hi juga la pell, Carmeta, no els puc deixar sols —va somriure.

Sabia perfectament que no el faria canviar de parer, era una conversa recurrent de la qual, malauradament, ja sabia el desenllaç. Patia. Patia cada cop que ell sortia per la porta i només s'imaginava el pitjor. Sabia com les gastava la Policia. Tenia ben present la detenció d'altres companys del seu marit per les xerrades que tenien amb les seves dones, que li havien explicat, amb pèls i senyals, el que passava dins de les parets de la comissaria. Durant tot el dia i fins que ell tornava, les feines de la llar es feien més feixugues i, amb més freqüència de la que voldria, feia llambregades al telèfon penjat a la paret del menjador i que romania sumit en un silenci inquietant.

El matí va lliscar enmig d'una quotidianitat aparent i no va ser fins després de dinar que la cara de la Carmeta va adquirir un posat greu, mentre ell intentava mantenir un somriure que volia ésser tranquil·litzador. Quan l'Antonio va sortir de casa a través d'un carrer minúscul, el sol, tímid, guaitava entre els núvols. Tot plegat, un miratge. Tan bon punt va posar un peu al carrer Major els va veure a la cruïlla amb el carrer Cavallers. Eren el gras i el prim: el Vicente, amb les galtes ben plenes i lluents, i el Juan, prim com una ascla, amb la seva eterna cigarreta a la comissura dels llavis i unes ulleres de sol que li amagaven les males intencions.

Doncs, no, no pintava bé, en absolut.

Prop d'on eren els dos policies s'havia fixat el punt de trobada dels antifranquistes. A l'hora acordada per a iniciar la mani eren pocs i comptats: la Glòria, el Felip, l'Antonio, el Jordi, el Pere, i així fins a gairebé una trentena de persones esperant al peu del Romeu, tots coneguts. Poc després de l'arribada del Farré, el grup es va posar en marxa pel carrer Major i es va anar engrossint, fins a arribar a la quarantena, a mesura que anaven avançant cap a la plaça de la Paeria, mentre cridaven proclames. En arribar a l'altura de la plaça de Sant Francesc, algun dels que manaven va decidir que calia aturar allò abans que anés a més.

El Juan, que havia anat seguint la manifestació des d'una distància prou allunyada com per no barrejar-s'hi, però prou a prop perquè la seva presència no passés inadvertida, feia estona que esperava les ordres entre nerviós i impotent. Li van arribar a cau d'orella i s'ho va prendre amb una certa calma, assaborint-ho, mastegant-ho bé. Es va apujar les ulleres fosques que tenia a mig nas i va fer una indicació amb el cap al seu company amb la clara intenció que el seguís. Mentre altres policies demanaven a la gent que s'aturés, ells van anar directament cap a l'Antonio i el van agafar fortament pel braç: "Ja et tenim, Farré, i aquest cop no et... i aquest cop no et sortirà de franc!"

A partir d'allí, el diluvi: espentes, cops de porra contra els participants en aquell desafiament i una dotzena llarga de persones detingudes que van passar en fila índia per davant del governador civil i d'un advocat del sindicat vertical que, sense perdre el somriure, els anava anomenant un a un pel nom i cognom mentre eren conduïts cap a la comissaria.

Feia unes quantes hores que Antonio Farré era a dins del calabós quan va veure arribar el Juan amb aquella expressió fatxenda. Se li va acostar a un pam de nas, només separats pels barrots de la cel·la del calabós. Tenien més o menys la mateixa altura, compartien unes faccions dures, una complexió prima i absolutament res més. Amb les ulleres de sol posades, el policia li va etzibar un sec "aquest cop et salves, desgraciat, els tocarà el rebre a uns altres, però no te n'oblidis, ens tornarem a trobar i jo t'estaré esperant", i li va obrir la porta mentre el fulminava amb la mirada.

L'Antonio va recollir les seves coses amb una calma precipitada i va sortir sense mirar enrere. En creuar el llindar de l'entrada de l'edifici policial, va respirar profundament. Allí fora ja no calia dissimular la por que el tenallava. Avui se'n sortiria amb quatre cops i un parell d'espentes, res comparat amb el que havien passat companys seus anteriorment.

Unes hores abans, a la Carmeta li havia sonat el telèfon. Se'l va mirar un parell de cops amb incredulitat abans d'agafar-lo. El telèfon negre penjat a la paret del menjador, sota el rellotge de cucut, sonava i l'Antonio encara no havia tornat. I això, de ben segur, no eren bones notícies.

La dona d'un dels detinguts li va explicar la situació del seu marit mentre que ella, atacada per un lleuger mareig, s'havia d'asseure en una de les cadires del menjador per encaixar la notícia. En aquests casos, la consigna era doble: el més urgent, avisar els advocats, i tot seguit, també amb una certa celeritat, convocar totes les dones dels detinguts a una tancada per a aquella nit a l'església de la Sang, al carrer de Sant Antoni.

Va penjar l'auricular enmig d'un sospir profund. La certesa del que sabia que un dia havia de passar no li disminuïa en absolut l'angoixa. Es va treure les ulleres de pasta marró clar, es va eixugar els ulls, que tenien una barreja de suor i llàgrimes, i lentament se les va tornar a posar. Asseguda com estava, es va inclinar lleugerament endavant amb els braços caiguts mentre amb les dues mans rebregava el drap de la pols com un autòmat. Necessitava uns segons, pocs, per a pair-ho.

Perquè la Carmen Siscart amagava, sota la seva fragilitat, una duresa granítica. L'exili d'una guerra civil que va manllevar les propietats a la seva família perquè estava en el bàndol perdedor i la tornada a casa, amb quatre germans petits, quan el pare era reclòs en un camp de concentració a Lleó, la van obligar a construir una cuirassa per a no defallir davant les adversitats.

Va despenjar el telèfon i va marcar els números que feia dies tenia apuntats en un paperet petit a la vora d'aquell aparell. A l'altre costat, una veu de dona va respondre: "Despatx de l'advocat Muntané, digui'm." L'engranatge es posava en marxa.

Ja fosc, el seu home entraria per la porta mig descamisat i amb aquella clenxa impol·luta que es feia religiosament cada dia desdibuixada. Es van mirar, però no van badar boca, no calia dir res, es van abraçar.

—Descansa uns dies, Antonio, nomes uns quants. —Abans d'acabar la frase ja sabia que era un prec en va.

> A pesar de la advertencia expresa del Excelentísimo Ministro de la Gobernación y de este Gobierno Civil, publicada en todos los medios de comunicación social de la capital y provincia, un ínfimo grupo de perturbadores han intentado, a las seis y diez minutos de la tarde, en la Calle Mayor y Plaza San Francisco, organizar una manifestación. Dos de ellos llevaban ostensiblemente una camisa roja. En el acto han sido invitados por los agentes de la Policía a circular con normalidad sin formación de grupo, ante lo cual han mostrado resistencia activa.

El policia va tancar la *Hoja del Lunes* del 2 de maig i va tirar el diari damunt de la seva taula.

—Tranquil home, tranquil, que encara en tenim algun a la garjola.

—Si ves... —va dir el Juan amb la mirada fixa en el retrat del Caudillo—, tard o d'hora sempre s'escapen, entren per una porta i surten per l'altra, i així no acabarem mai! Mai!

—No cal patir tant, són els de sempre, vigilem-los una mica i ja n'hi haurà prou —Vicente jugava amb un llapis a les mans.

—D'això em queixo, d'això mateix: sabem qui són i no podem fer-hi res.

Va caminar cap a l'armari dels expedients i va obrir la calaixera de la F, de la F de Farré.

Capítol 3
“Sin mirar atrás”
(setembre de 2023)

La mort era, necessàriament, una contrarevolució.
Ramon Usall, *Seixanta-vuit*

L’accés a l’edifici era un formigueig constant de gent que entrava i sortia. Una desena de vehicles dels Mossos d’Esquadra, encara amb els senyals lluminosos encesos, estaven aparcats de qualsevol manera damunt de la vorera, a escassos metres de l’entrada del 108 de Prat de la Riba de Lleida.

Van aparcar la furgoneta en un espai que encara quedava lliure prop de l’entrada i van pujar per les escales arrossegant els peus. La porta del primer tercera restava entreoberta i vigilada per uns ulls: els d’uns nens i els d’un gos, que treien el cap amb una mirada curulla d’una barreja de curiositat i por a parts iguals. Mentre la mare cridava els nens cap a dins de casa, de la porta adjacent sortia el sergent Majó traient-se els guants. Va alçar la vista i els va veure.

—Home! Els de la Científica, que ràpids!

—No hi ha morts a Lleida cada dia, eh? —va respondre ell—. On ens podem canviar?

—Just aquí a l’entrada. —Va fer una pausa i els va mirar amb un posat greu.— És al dormitori, entrant a mà esquerra.

Al vestíbul, hi havia un petit banquet de fusta amb sabates a sota. S’hi van asseure. De la maleta, en van treure els equips de protecció individual corresponents, guants, peücs i una granota de paper que es van col·locar a poc a poc. Van agafar les dues càmeres rèflex semiautomàtiques i es van mirar.

—Som-hi?

—Va, a veure què!

Van entrar al dormitori a pas lent, amb cura. Hi feia una lleugera olor de producte de neteja barrejada amb ambientador d'aroma de vainilla. Allí dins, a contrallum, una dona penjava inerta pel coll amb una corda que l'hi estrenyia lligada al sostre de l'estança. L'ordre i la pulcritud de l'habitació es veien lleugerament alterats per un tamboret de fusta, tombat, situat a escassos centímetres dels peus del cadàver.

—Un penjament complet —va xiuxiuejar un dels de la Científica.

—Buf! —va dir l'altre—. I quin penjament, paio, quin penjament! És la Carla López.

La Carla López, diputada al Parlament de Catalunya i una de les figures polítiques amb més projecció a Ponent, lluïa ara una imatge grotesca. La pell blanca i tibant de la cara havia pres una tonalitat blavosa i els ulls tancats i la llengua que li sobresortia dels llavis configuraven una escena tètrica.

—Hòstia puta, nen, ara sí que tenim un bon marro —va dir xiulant.

—Jordi —va cridar el sergent Manel Majó, que havia tornat a entrar—, pots venir un moment, si et plau?

El Jordi Solsona va mirar el seu company, que revisava amb cura l'escenari. "Ves", li va dir amb un moviment d'ulls. Es va penjar la càmera rèflex del coll i va anar a trobar el sergent, que el va agafar per l'espatlla. Plegats, es van apartar uns metres del cos fred de la diputada.

—Què, com ho veieu? —va preguntar amb un posat neguitós.

—Majó, que acabem d'arribar!

—Sí, però què et diu el nas, la intuïció? S'ha suïcidat o pot ser alguna cosa més...?

—Tot just començàvem ara mateix! Ja us passarem l'informe tan aviat com puguem. Ja veig que això portarà cua.

La preocupació i l'angoixa del sergent Majó eren evidents en el seu posat i en el caminar nerviós i repetitiu dins de l'habitació.

—Saps qui és, no? Ets conscient del que ens ve a sobre? Com et pots imaginar, quan hem passat l'informe he rebut unes quantes trucades de dalt, del conseller mateix! Aquí hi haurà molta pressió i, mira que et dic, pel bé de tothom espero que s'hagi pelat sola; si no, llavors sí que hi haurà enrenou...

—No ha deixat cap nota ni res?

—Sí, una nota que hem recollit i que s'ha enviat a grafologia. Dins del pis, aparentment està tot en ordre; a primera vista no es veu cap signe de violència ni el pany està forçat.

—Potser, dins de la desgràcia, tenim sort.

—Ves a saber. Informa'm tan aviat com puguis, Solsona, tan aviat com puguis.

Es van acomiadar amb un copet a l'esquena i una mena de gruny, com un adeu, ràpid i arrossegat.

El mosso de la Científica va tornar lentament amb el seu company, que se'l mirava de reüll feia estona mentre simulava que treballava.

—Què? —va preguntar arquejant les celles.

L'agent Solsona es va acariciar a contrapèl, amb aire pensatiu, la barba de quatre dies. Va agafar un marc de damunt de la tauleta de nit que contenia una foto de la diputada i la seva filla esbossant somriures d'Instagram que semblaven ben sincers.

—No ho sé, Manel, no ho sé, és estrany tot plegat, la gent a vegades fa coses que no t'esperes.

—El teu nas...

—Massa clar, massa evident...

Capítol 4
"Sonidos visibles"
(Diada del 1972)

La imatge d'una colla de salvatges disfressats de policies repartint llenya a tort i a dret havia esdevingut, malauradament, massa habitual als telenotícies del país.

Ramon Usall, *El crim de la Madame del carrer dels Dolors. Crims.cat*

Va obrir el sobre, curosament, amb un obrecartes i en va desplegar els dos fulls de l'interior, meticulosament doblegats, damunt d'una taula de fusta que havia vist temps millors. La llum del flexo embellia la lletra d'excel·lent qualitat calligràfica que els omplia. Els traços arrodonits de tinta blava començaven el que podia semblar una llista de la compra d'una oficina vulgar: 300 sobres comercials, segells, retoladors, 500 llibrets... fins que arribava a mitja taula, on apareixia el concepte "senyeres". Les sospites que aquell inventari no era el que semblava es confirmaven a la part final: vint esprais de diferents mides, quinze esprais grossos, pintures, brotxes i metxes lentes i ràpides.

—Per la quantitat de material que ens han demanat, i si tenim en compte les proporcions, sembla que faran més feina ells que nosaltres —va dir en veu alta mentre els seus dits prims resseguien les puntes d'aquells fulls impol·luts—. Ja va bé, ja va bé, però potser caldria veure com funciona tot per allà. Gent nova, muntatges, quotes...

—Pel broc gros, calculo que costarà unes 9.000 pessetes. Això i que caldrà que nosaltres portem bona part del material cap a les Borges —va dir l'altre—. Qui ho pagarà tot això?

—No tenim tants diners, almenys pel que ens demanen. Els haurem de demanar que n'aportin una bona part. Quan hi vagis, i ja que hi som, porta'ls uns quants *ARA*. Pels nous.

Una bona estona després, la llum de l'estudi de Joan Ramon Puig, a la quarta planta del número 5 del carrer Aragó de Barcelona, s'apagava. Escassos minuts més tard, la porta metàl·lica del carrer s'obria i donava pas a un home d'una certa edat, de cabells blancs, llargs i escassos, vestit amb una gavardina llarga de color mostassa. Sota el braç, un bon feix del que semblaven revistes.

L'endemà, un SEAT 127 verd fosc, atrotinat, entrava lentament a les Borges Blanques i s'aturava a la plaça del Terrall. A dins, un home d'uns seixanta anys amb cabells blancs, llargs i escassos, apagava amb una mà una cigarreta de tabac negre al cendrer del cotxe mentre amb l'altra apujava lentament la finestreta fent rodar la maneta de la porta.

Va treure un pinte beix de la guantera i es va encarar el retrovisor per poder veure's millor. Es va pentinar els cabells cap enrere i quan va acabar d'empolainar-se va sortir del vehicle tot posant-se la gavardina que havia transportat ben plegada al seient de darrere. Va aixecar-se les solapes i es va dirigir cap a una porta de fusta que donava al carrer que duia el nom de la plaça. Abans que pogués trucar, algú va treure el cap pel balcó del primer pis just damunt de l'entrada.

—Xxt, no truquis, ara baixo i t'obro.

Pocs segons després, el visitant ja era a dins. Unes escales amples el conduirien al primer pis; allí, en un menjador espaiós, amb un parell de finestres que deixaven entrar la llum de les Garrigues que omplia tots els racons de la sala, una taula de fusta massissa i gastada. Al seu voltant una desena d'homes, de diferents edats, s'hi asseien desordenadament tot guaitant-lo.

—Vols alguna cosa de halar, Jaume, una mica de vi? Deus estar cansat del viatge.

Sense deixar-lo contestar, l'amfitrió, un home d'una cinquantena d'anys, de cabell negre amb entrades prominents i ben alimentat, treia el suro d'una ampolla de vidre sense etiqueta i servia una ració ben generosa de líquid negre al nouvingut.

—Para, Albert, para, que he de tornar avui, i voldria arribar sencer a casa —deia alçant la mà en senyal d'estop.

Va fer un petit glop, només per mullar-se els llavis, quan un altre dels presents li atansava un plat amb una mica de pa amb oli i uns talls de formatge curat.

—Us hem portat el que hem pogut —va dir el viatger—. Heu fet una carta als Reis i l'economia del partit no està per gaires alegries. Ja veig que la voleu fer grossa.

—Ens ha entrat molta gent nova —va reblar l'Albert—, gent jove. Els bull la sang i tenen ganes de fer coses.

—I com ho voleu fer? —Jaume Vidal s'atansava el plat amb el pa i el formatge—. Quina idea teniu?

Els assistents a la reunió es van mirar, va prendre la paraula un home alt i prim, gairebé escanyolit, que es va incorporar cap a la taula.

—A banda dels nostres, amb els quals ja ens coneixem i treballem junts, sabem d'altra gent que ens podria ajudar en aquestes comarques. El Joan està treballant en una carta que els enviarem dos o tres dies abans. Aquest any tenim força per ser a tot arreu, a la Franja també.

—Sí —va reblar l'Albert—, com diu l'Antonio, la idea és anar fins a Fraga, Tamarit, el Torricó i algun altre poble on tenim gent per reivindicar els Països Catalans.

La reunió s'allargaria dues hores més al cap de les quals un parell de persones acompanyaren Jaume Vidal fins al cotxe per acomiadar-se'n i recollir un parell de farcells amb material del maleter d'aquell Seat verd.

Aquell Onze de Setembre de 1972 es va llevar amb núvols al cel, com si fos l'avís que alguna mena de tempesta es desfermaria més d'hora que tard. Als baixos del Govern Civil de Lleida l'activitat era febrosa.

—Ja els tenim, fills de puta, ja els tenim —Juan Martín entrava exultant dins del despatx que la Brigada Político-Social tenia a l'edifici. Davant seu, Vicente Soler aixecava la mirada de la seva màquina d'escriure amb posat de sorpresa.

—Ja tenim a qui?

—Els separatistes. En preparen una de grossa aquest Onze de Setembre, Vicente, i aquesta vegada els tenim ben agafats pels ous.

—I com ho sabem això? —va preguntar el seu company arquejant la cella dreta.

—Un d'ells ha cantat, aquell que treballa en una gestoria i té tres fills. L'he hagut de collar una mica, ja saps, explicar-li que li hauria de dir al seu cap què fa i qui és, i d'aquí a l'acomiadament, llista negra i gana. No hi ha oposat gaire resistència.

Amb posat de victòria, Juan Martín es va treure el paquet de tabac de la butxaca del davant de la camisa i va encendre una cigarreta mentre n'aspirava el fum lentament. Va mirar al sostre amb una mà a la cintura mentre amb l'altra picava el tabac contra el cendrer.

—Ha parlat d'una acció aquí a Lleida i una altra entre Ponts i Artesa. Els fills de puta volen recórrer la província. Es veu que van ben preparats, tenen material per a pintades i no sé quantes coses més; els tenim ben agafats pels collons. Truca a la Guàrdia Civil, que es preparin. Ah, i que no surti ni una paraula d'això.

—No avisem els *jefes*? Juan, no l'emboliquem, eh?

—Preparem-ho tot i després ja veurem.

Cinc minuts després, el seu company penjava el telèfon i feia que sí amb el cap. Martín apagava amb força la segona cigarreta i la deixava allí, tombada entre cendra i cadàvers amb filtre, mentre sortien d'una revolada de l'habitació.

Dies abans, i tal com havien comentat al representant del Front Nacional de Catalunya en la trobada a la capital de les Garrigues, Jaume Vidal, des de la capital del Segrià s'havien enviat al voltant de cinc-centes cartes a diferents persones de Lleida, Solsona, Alpicat, Aitona i pobles més petits. Eren crides de l'FNC a participar a la Diada i, en algunes, les adreçades a persones de més confiança, hi havia indicacions concretes sobre l'acció en la qual els proposaven participar.

La tarda de la diada nacional de Catalunya de 1972 tot estava a punt, tots els grups assignats i les tasques de cada acció definides arreu de la província de Lleida i de la Franja. Totes foren executades escrupolosament i sense gaires contratemps.

A Lleida, es pintà amb pintura vermella el monument a "los Mártires" i en diversos carrers i barriades es van col·locar senyeres que foren ràpidament retirades per les autoritats franquistes. Al Pallars Jussà, es va pintar una senyera de set metres i arreu, des de la Noguera fins a l'Urgell, des de la Franja fins al Pallars Sobirà, des de Castelldans fins a Peralta de la Sal, es dugueren a terme pintades, penjades de senyeres en diferents llocs i llançament de pamflets des dels cotxes.

El cotxe de la Brigada Político-Social no portava cap distintiu que l'identifiqués. L'havien aparcat dins del nucli urbà de Ponts, en un carrer que els donava una bona visió dels vehicles que baixaven de la Seu i que havien de passar per dins del poble. Uns metres mes enllà, ben amagats, tres cotxes de la Guàrdia Civil esperaven un senyal dels secretes.

Juan Martín estava emprenyat. El seu confident li havia promès una penjada de banderes a l'estació d'autobusos o a la de trens de Lleida i ell hi havia destacat uns quants elements de la Policia de paisà i altres d'uniformats dispersos per la rodalia. Finalment, però, res no havia succeït, una maleïda falsa alarma, una més.

Els quedava la darrera oportunitat: el delator havia cantat que un grup faria el trajecte de Lleida fins a la capital de l'Alt Urgell i havien de creuar, ineludiblement, per aquells carrers on ells estaven apostats. Malgrat que havien actuat amb la màxima discreció, alguna cortina que s'obria i es tancava tímidament entre les cases dels voltants feia evident que els habitants de Ponts ja intuïen que alguna cosa passava.

—A veure si algú els avisarà, mecagondeu —Martín ja no tenia ungles per rosegar.

—No pateixis, home, tard o d'hora passaran, no poden fer res més.

I, durant unes hores, va semblar que no. Amb els peus sobre la guantera i el seient reclinat, Vicente encetava un somni lleuger mentre el seu company, amb els braços creuats sobre el volant, escrutava de manera obsessiva la carretera mentre consumia, compulsivament, una cigarreta darrere una altra.

A mesura que el sol es ponia, la desesperació de Vicente augmentava. Darrerament les coses no havien anat gaire bé. Semblava que els qui s'oposaven al règim s'havien tornat més escrupolosos en les mesures de seguretat i a la Policia li costava molt obtenir informació del que passava. Les seves fonts havien estat apartades dels centres de decisió, no sabia si perquè havien estat descobertes o per pura casualitat. Els darrers mesos tot just havien pogut confiscar quatre fulls de mà llançats al carrer i un parell de revistes.

Els seus caps, pressionats pels polítics, demanaven més mà dura i resultats mentre es fotien bons tiberis i es feien la gara-gara entre ells. "Colla de cabrons, buròcrates de merda", va pensar mentre mirava cap a l'extrem de la carretera que baixava de la Seu d'Urgell, "tota la puta vida pencant, defensant la llei i l'ordre, partint-nos la cara, i ara que passem un mal moment, en lloc de donar-nos suport, només fan que exigir. Quina colla de fills de puta!"

Va sortir del cotxe perquè li toqués l'aire i es va posar en una cantonada on tenia una més bona panoràmica de la carretera. A la llunyania, un parell de cotxes s'atansaven lentament. Es va posar la mà sota l'aixella i va tocar la pistola; el tacte fred de l'arma el tranquil·litzava, la va acaronar suaument i després va agafar el paquet de tabac per encendre l'enèsima cigarreta.

Just davant seu, a tota velocitat, passava el darrer dels dos vehicles que havia vist venir feia uns segons. La sirena de la seva intuïció el va alertar; va mirar a la finestreta de darrere i hi va veure una silueta que li va semblar familiar: era aquell fill de puta del Farré que se li escapava, se li esmunyia un cop més entre els dits. Com un acte reflex va treure la pistola i va disparar dos trets en direcció al cotxe, que va accelerar i es va perdre enllà.

Es va quedar amb la ràbia als ulls i l'arma a la mà, fumejant, apuntant a l'horitzó mentre el temps es paralitzava. Ni tan sols, absort com estava, va sentir els crits del seu company ni les sirenes dels cotxes de la Guàrdia Civil sortint a tot drap en direcció a Lleida. Un cop més havia fallat. Unes hores després era oficial: havien perdut la pista del vehicle i la clivella d'odi es feia més fonda. Sense matrícula ni identificació clara, poca cosa podien fer. Un maleït dia de merda.

—Que disparen, ajupiu-vos que disparen!

—Són bojos! —va cridar el conductor.

—Accelera, Albert, accelera —li va dir l'Antoni—, i agafa el primer desviament.

Uns quilòmetres mes enllà, lluny de la carretera principal, en un petit raconet a recer de mirades indiscretes, van parar per recuperar l'alè. Un parell es repenjaven al cotxe i l'altre es posava a la gatzoneta mirant cap a terra.

—I ara, què? Heu pogut veure si agafaven la matrícula? Estem ben fotuts, eh?

—No perdem la calma —va dir l'Antonio—, quedem-nos uns dies tranquils a casa, a veure què passa, com respiren.

Un mes després, sense cap novetat, ja tornaven a ser al carrer.

Capítol 5
“Envuelto en el azul”

Al final, t’adones que la banalitat de la vida és tan poderosa i necessària com la solemnitat de la mort.
David Marín. *Purgatori*

Feia un dia esplèndid, un sol de finals d’estiu d’aquells que, a Lleida, escalfen, però no cremen. Una temperatura que de ben segur animaria la gent a sortir de casa i augmentaria l’afluència al temple que, darrerament, començava a minvar.

Minuts abans que s’obrissin les portes i com ja era habitual, alguns fidels esperaven pels voltants de l’edificació en petits grups dispersos aquí i allà fent-la petar mentre d’altres feien temps en algun bar proper. Els més tardaners arribarien, com sempre, a mig començar.

La primera a aparèixer va ser la Sònia. Es va asseure al seu lloc habitual i va guardar dos seients per als seus companys posant-hi en un el diari del diumenge i en l’altre una jaqueta prima amb caputxa d’un color mostassa. Malgrat que el recinte no s’omplia mai del tot i sempre sobrava lloc on asseure’s, ho feia com una mena de ritual íntim, una superstició personal, una mena d’assegurança que, un cop més, vindrien.

Es va acomodar i va mirar al seu entorn. Aquesta prèvia era per a ella un moment plaent, de pau i tranquil·litat. Feia anys que acudia cada diumenge religiosament a la litúrgia sense posar-se d'acord si era per l'acte que allí es duia a terme, per aquest espai de trobada periòdica amb dos grans amics o segur —pensava— per la suma de les dues coses, per aquesta mena de comunió col·lectiva que enfortia el seu llaç d'amistat i que aquelles converses dominicals consolidaven.

De seguida va arribar el Jordi, dos petons i un somriure net. Minuts després, just abans de començar, va fer acte de presència el Manel, que va regalar una abraçada ben sentida a cadascun, d'aquelles que nodreixen l'ànima. S'havien conegut a l'insti, al Màrius Torres, dins d'aquell edifici de parets gruixudes i sostres alts que sempre els havia semblat immens i on s'havien aplegat adolescents de diferents escoles de Lleida i d'algun poble dels voltants.

En aquelles aules sòbries i també, cal dir-ho, en els bars que envoltaven el camp escolar, havien bastit a poc a poc una amistat i una colla que havien reforçat amb festes majors, nits al pub del poble i dinars a la cabana del tros del Jordi. Amb el temps i a mesura que deixaven enrere l'escola, aquells caps de setmana de festa s'havien anat espaiant. L'arribada dels fills havia relaxat les trobades i havien fet d'aquells moments de diumenge un espai ineludible d'afecte.

La música va ressonar en el temple i la gent es va posar dempeus.

—Va, que això ja comença —va dir el Manel un cop acabada la melodia. Es van asseure i el Manel, enmig dels dos, els va tocar els genolls, una mena de va, som-hi.

Va sonar el xiulet i la pilota va iniciar la circulació per una gespa que recordava temps millors. El gol nord del Camp d'Esports començava a rugir, la grada cridava a ple pulmó: "Plogui o nevi estem aquí, animant el Lleida fins a morir, som els Rudes i això és el Camp d'Esports", mentre agitaven les banderes amb la silueta de la Seu Vella. Les samarretes blaves i els pantalonets blancs corrien pel terreny de joc.

—Ja hi som, un punta i cinc defenses, comencem bé, així no fotrem *play off* ni de conya.

—Catenaccio, Jordi, catenaccio, com els bons equips italians d'abans —deia el Manel amb un somriure irònic mentre s'apujava les ulleres.

—Sí, ara resultarà que som el Milan de finals del vuitanta, ja veig Van Basten escalfant-se a la banda!

Se'ls va mirar i no va poder evitar un somriure. Se suposava que ara li tocaria a ella fer l'anàlisi tècnica de qualitat. Se'n va sortir amb un clàssic "que fàcil és fer d'entrenador des d'aquí, eh, amics?", que els va arrancar un somriure.

El Jordi va agafar el diari que feia escassos minuts havia servit de reserva de cadira. En portada i amb lletres negres ben grosses el titular anunciava el que feia hores que circulava arreu: "Troben morta la diputada Carla López"; a sota, el subtítol reblava: "Les primeres investigacions apunten a un suïcidi." El text anava acompanyat d'una foto de la morta feta uns dies abans al faristol del Parlament.

—Hi vaig anar l'altre dia —va dir el Jordi mentre obria les pàgines per buscar la notícia.

—On? —va preguntar el Manel.

—Aquí, a la casa de la López —va dir el mosso.

Les pàgines 3 i 4 del diari estaven ocupades completament per la notícia amb diferents destacats i una petita biografia de la difunta. Nascuda a Lleida, la segona de quatre fills, bona estudiant, llicenciada en dret amb notes més que remarcables i màster en dret civil. Va començar treballant en l'Administració pública per passar, uns anys després, a ocupar una regidoria a la Paeria que li havia servit de trampolí. Ara feia tres anys que era al Parlament de Catalunya, on actualment ocupava la presidència de la Comissió d'Agricultura i Ramaderia. Una carrera política prometedora que apuntava alt. Mare d'una filla de cinc anys, casada des de feia poc més de cinc i sense vicis coneguts (o confessats), la seva vida no tenia arestes.

—Hòstia, que estrany això, eh? Per què s'havia de pelar? —va dir el Manel.

—La veritat és que quan vam rebre la noticia al diari vam quedar de pedra —s'hi va afegir la Sònia—. Aquesta noia aparentment ho tenia tot, i era bona persona, treballadora... Mira que hem preguntat a gent a veure si sortia alguna cosa, però res, no consta cap depressió, cap enemistat, res que la pogués empènyer a treure's la vida.

—De persones normals, bons veïns i dels que sempre saludava, n'hi ha uns quants a la presó. —El Jordi treia els seus galons de mosso amb experiència.

—Heu descobert alguna cosa? Explica'ns-ho, que segur que saps més cosetes —l'ànima de periodista de la Sònia no descansava mai.

El xiulet de l'àrbitre, com la darrera tanda d'anuncis abans del desenllaç final de la pel·lícula, va aturar la resposta. Jugadors a vestuaris, música a tot drap i corredisses al bar i als serveis per no haver de fer cua.

—Voleu alguna cosa? Vaig a pixar i de tornada passo pel bar —va dir el Jordi.

—Res, res —van contestar els altres dos a l'unísón—, però no t'escaparàs de la resposta! —La Sònia feia un somriure murri sota el nas.

—Que sí, pesada! —va dir, retornant el somriure.

Minuts després, el Jordi arribava amb tres cerveses a la mà.

—Sense alcohol. Ja sé que m'heu dit que no volíeu res, però sé que ho feu per quedar bé —va dir mentre feia l'ullet i atansava les cerveses als seus amics.

—I? —va demanar la Sònia mentre agafava el got.

—I què? —va respondre ell amb un somriure.

Ella se'l va mirar obrint les escletxes de la seva (poca) resistència.

—Estava tot ordenat, tot a lloc, un penjament de llibre, cap escena de violència, res que fes sospitar cap cosa estranya...

—Però...

—Però, què? —va dir ell mentre feia un glop.

—Però... —va insistir ella, burxant.

—Doncs que és massa clar i no hi ha motiu. Ves, potser a mesura que em faig vell soc més desconfiat i no és res de res, vejam què diu l'autòpsia i què més trobem amb la investigació...

—Perfecte, ja ho tinc: "Misteriosa mort de la política lleidatana Carla López. Fonts policials dubten que sigui un suïcidi" —va dir ella entre somriures.

—Que cabrona que ets, Sònia! Ja saps que el Camp d'Esports és un Las Vegas: el que passa aquí queda aquí.

La segona part va ser extremament avorrida; mentre la pilota era més al cel que a la gespa, l'empat anava guanyant terreny. Ni els canvis ofensius deu minuts abans de la fi del partit —a bona hora, havia apuntat la Sònia— mourien el resultat inicial.

Només acabar el matx, el Manel es va aixecar:

—Us deixo, que tinc pressa. La Pili està sola amb la nena i no dona l'abast, se m'ha acabat el permís especial —va dir mentre arreplegava la jaqueta i s'aixecava.

—Ep, pensa a fer una ullada al postpartit, a veure què han piulat el Montardit, el Dani Badia i l'Oriol, que sempre l'encertem —va dir la seva amiga amb un somriure—. I no t'angoixis tant, home!

—Això ho dius tu perquè la teva és pacífica, ja et deixaré una tarda el meu dimoni.

Un cop el Manel va haver marxat, la Sònia es va girar amb un somriure cap a l'agent Solsona:

—*Tell me more*, Jordi.

Capítol 6
"¿Quién es?"

Avui agafa paraigua, que el meu cos es queixa i això vol dir canvis.

Ramona Solé, *Bisturí*

Va engegar el SEAT 124 de color crema de cinc portes amb un somriure als llavis. Feia poc que la factoria de Martorell havia tret aquest model i posseir-lo projectava un cert estatuts social que, a ell, li encantava. I és que era un policia, sí, però no un d'aquells qualsevol, no un patruller panxut que feia tombs pels carrers. Era un membre destacat de la Brigada Político-Social, la *crème de la crème* dels cossos de seguretat de l'Estat, i això s'havia de fer notar. Un vehicle com aquell, amb la lluentor encara de la pintura nova intacta, era la seva manera de fer-ho públic i evident.

Es va posar les ulleres de sol, va encendre un cigarret i va enfilar la carretera en direcció a Benavent sense pressa, a poc a poc; no volia que ningú es perdés la visió de la seva propietat i del seu estatus. Amb una mà al volant i l'altra a la finestra abaixada, aquella màquina perfecta lliscava lentament per sobre de l'asfalt mentre ell dibuixava un mig somriure a la cara.

Pocs quilòmetres després va arribar a lloc. A la seva dreta, un edifici blanc amb unes lletres pintades en vermell sobre la porta que anunciaven que aquella instal·lació corresponia a

Maderas Batlle S. L. "Ja hi som", va pensar, i es va endinsar a pas de bou fins arribar a un pati ple de troncs d'arbres i taulons de fusta de diferents llargades, mides i grandàries. Va aparcar el cotxe al més a prop de la porta d'entrada a les oficines que va poder.

Va clavar el fre de mà, va fer mig tomb a la clau fins que el cotxe va deixar de roncar. Se'l va mirar, va passar una mà, com si l'acariciés, pel quadre de comandament i, lentament, es va treure les ulleres de sol, que va penjar de la butxaca de davant de la camisa. Abans de marxar, va agafar una carpeta de cartonet marró que portava al seient de darrere.

Va sortir del vehicle. Feia un dia assolellat que convidava a l'optimisme. "Bé", es va dir, "som-hi". Va apagar la desena cigarreta a la paret blanca de l'edifici i en va obrir la porta d'entrada; a dins, un petit taulell i un vidre.

—Digui'm —va dir l'administrativa encarregada de la paperassa de la càrrega i descàrrega dels camions.

—Vinc a veure el senyor Batlle —va dir ell, sense mirar-la.

—De part de qui? Té hora amb ell? —va respondre la secretària mentre revisava uns formularis de càrrega.

Lentament es va treure de la butxaca de darrere dels pantalons una mena de cartera de pell gastada i la va obrir davant dels nassos de la secretària.

—Policia —va dir. L'escut del cos brillava com si fos nou.

Els efectes van ser immediats. La pobra dona va obrir uns ulls com plats; un policia, i de la secreta, no era qualsevol cosa. Va girar cua i es va dirigir a un despatx a escassos metres d'on eren. Tres tocs suaus a la porta i tres minuts després era Juan Martín qui hi entrava.

A dins, escarxofat en una cadira darrere d'una taula grisa, el regidor de la Paeria i empresari de la fusta Josep Batlle l'escodrinyava amb mirada encuriosida sense mostrar cap mena de temor. Quan el policia va entrar, el gerent de Maderas Batlle S. L. es va incorporar lleugerament, com una mena de gest de deferència sense que semblés gaire evident.

—Com és que ens feu una visita? —va preguntar amb un somriure irònic—. Ni l'alcalde ni el governador civil m'han avisat de res. Espero que sigui alguna formalitat, perquè tinc molta feina.

—Res d'importància —va respondre Martín amb to de perdonavides mentre repassava l'oficina amb la vista. Quan va acabar la inspecció, el va mirar als ulls i li va donar la carpeta de color marró, un pèl ratada, amb tot de papers a dins.

Batlle la va agafar amb una certa prevenció i la va obrir. Va revisar algun dels papers que hi havia i es va posar les ulleres, ara sí, amb un posat més de preocupació que de burla. Al cap de tres minuts escassos de lectura se les va treure i va mirar fixament el policia sense dir res, però amb un posat que indicava un "i ara què?".

—Ja ho veu —va dir Juan Martín—. Hi ha gent de la seva que li vol mal. Informes de Falange, eh? Sembla que diuen que va practicar l'estraperlo amb la fusta en els primers anys de la victòria i que, darrerament, ha dut a terme compres de finques forestals de manera poc clara aprofitant-se del seu càrrec a l'Ajuntament i dels seus contactes.

—Tot això es fals, em volen fer el llit —va dir sense alçar la veu, controlant de manera visible el seu enuig—. Em volen fora de l'Ajuntament. No és veritat, és una conxorxa, tot mentida, tot.

—No ho dubto en absolut —va dir pausadament el policia mentre recollia la carpeta de les mans de l'empresari—. Segur que aquest informe signat i tan detallat és un error, un error immens i una conxorxa contra vostè.

Josep Batlle va reclinar el seu seient enrere i va dedicar uns breus segons a estudiar el seu interlocutor. "Aquest no ha vingut aquí per denunciar-me", va pensar mentre s'acariciava la barbeta. "Si volgués, ja ho hauria fet."

L'amo de Maderas Batlle, sense ser un franquista declarat, s'havia situat amb els vencedors de manera clara des que el 1937 les tropes del general Franco havien ocupat la ciutat de Lleida. Amb només vint-i-un anys havia estat hàbil per a trobar suports aquí i allà, entre la Falange, però també entre els funcionaris del règim que llavors començaven a formar una mena de casta a la ciutat.

Havia estat capaç d'anar jugant en diferents bandes, enriquir-se a través d'accions, legals, alegals i, en la majoria dels casos, il·legals, tot engreixant la trama corrupta del franquisme, fent que tothom rebés una mica d'aquells guanys, comprant satisfaccions, voluntats i silencis, fent favors que amb favors es pagaven. Qui era ara aquell xitxarel·lo que el venia a molestar? A ell, que havia tingut governadors civils i alcaldes a les mans!

El que en aquells moments li demanava l'estómac era despenjar el telèfon i trucar als seus coneguts. Amb una trucada en tindria prou perquè aquell ninot caigués fulminat i passés de la Brigada Político-Social a vigilar algun edifici vell en algun cul de món de la ciutat. Però no havia arribat fins on era deixant-se portar per la ira, la ràbia o la revenja.

Se'l va remirar. El policia seguia davant seu, impàvid, sense moure un sol múscul de la cara, mirant-lo de fit a fit. L'empresari va agafar un llapis, va jugar-hi amb els dits uns breus segons i va fer tres tocs suaus sobre la taula.

—És l'original de l'informe? —li va preguntar, directe.

—Pot ser-ho —va respondre ell. "Ja el tinc", va pensar.

—I doncs?

—És evident que aquest informe forma part d'una conspiració contra vostè —va respondre Martín amb un somriure irònic que volia dir just el contrari—, però jo, com a policia, li he de donar curs... —El policia, instintivament, es va fregar les mans.— Entendrà que no tinc més remei.

—És clar, és clar, ho entenc perfectament. Però és evident que vostè és un home llest i sap que bufen vents de canvis. Que el nostre cap d'estat no seguirà manant eternament, que s'acosten aires nous i que, qui estigui ben situat, en pot treure molts i sucosos beneficis.

—No sé on vol anar a parar —el policia tenia les orelles ben obertes.

—Segur que té molta feina al seu despatx, milers de documents per classificar i arxius per ordenar. No deu ser gens estrany que algun s'extraviï.

—Cert, no seria el primer cop.

—Senyor...? Perdoni no m'ha dit el nom.

—Martín, Juan Martín.

—Senyor Martín, deixi'm guardar en lloc segur aquesta informació, crec que tenim un futur ple de possibilitats si anem plegats.

La cara de Juan Martín, en forma de somriure ampli, li va donar la resposta.

Capítol 7
"Noviembre"

A la seva muntanya comunal. Privada, per tant en mans dels veïns.

David Marín, *Purgatori*

La pluja fina feia estona que mullava el parc de la Ciutadella i ho tenyia tot de color gris plom. Els colors vermellosos de la façana del Parlament de Catalunya s'havien enfosquit, el formigueig de gent que diàriament ocupava l'espai s'havia vist substituït per transeünts que el travessaven sense aturar-se.

Just davant de la porta principal de l'edifici, una desena de paraigües de tonalitats entre el negre rigorós i el blau elegant s'aplegaven com si en volguessin fer un de sol mentre l'aigua queia pels extrems.

Sota aquell envelat improvisat, una desena d'homes de mitjana edat xerraven entre ells fent temps per entrar, un parell escuraven les darreres dosis de nicotina i d'altres, els més joves, xafardejaven el mòbil. Un d'ells va alçar el cap i va dir:

—Ep, arriba el president, ja podem entrar.

Com una serp que avança lentament, els paraigües van fer una fila fins a trobar-se amb el nouvingut per, tot seguit, entrar a la seu del poder popular per la porta lateral. Tancar paraigües, sacsejar-los per fer caure l'aigua i utilitzar el dispensador de fundes per folrar-lo de plàstic. Després, control de documents d'identitat i lliurament de passis.

—Pugin a dalt per l'escala principal i preguntin a un uixer. Ell els indicarà on és la sala de la reunió.

La comitiva va entrar al vestíbul i va enfilar l'escala d'honor amb la catifa vermella al centre. Més d'un no es va poder estar d'obrir el telèfon mòbil per fer una foto de la claraboia de vidre i ferro forjat a l'estil modernista i d'aquell espai que havien vist tantes vegades per la televisió.

Just arribar al primer pis, davant seu, en una petita taula de fusta, hi havia una noia amb ulleres, dues trenes de color caoba i l'uniforme gris dels uixers amb la vista clavada en un llibre. Quan els va veure arribar va alçar el cap i es va dirigir als nouvinguts.

—Bon dia, han vingut a una reunió?

—Sí, sí —va respondre un d'ells—. Som de l'Associació de Propietaris de Terrenys Forestals de la Província de Lleida, teníem reunió amb la senyora Carla López.

—Un moment, si us plau. Esperin aquí, que ara parlo amb el seu grup.

La uixer va despenjar el telèfon i un minut després ja tenia la confirmació: la sala 4, a escassos metres d'on es trobaven en aquell moment. Just quan penjava l'aparell, un altre uixer de mitjana edat, amb una barba espessa negra esquitxada de blanc, passava per davant.

—Cesc —va preguntar-li—, pots acompanyar aquests senyors a la sala quatre, si et plau?

—I tant. Per cert, ja m'han xerrat que aquest cap de setmana vas voltar per Lleida, bandida —va dir fent-li l'ullet.

—He, he —va somriure i es va posar vermella—. Vaig anar a veure uns amics que tocaven al Festival Terra Ferma, al Cotton, els Exili..., però Lleida queda lluny del teu poble.

—Em queda lluny de Cervera i el concert aquest em queda lluny d'edat —va somriure, i després adreçant-se al grup—: Si em volen acompanyar, si us plau —i els va conduir just a l'entrada de la sala de reunions.

Just a la vora de l'entrada de la sala un altre uixer pèl-roig, amb una barba de dues setmanes i posat de viking de secà seia davant d'una tauleta de fusta. Quan els va veure arribar els va obrir la porta per donar-los pas a la sala més bonica del Parlament, amb parets folrades de fusta, uns grans finestrals i un sostre descobert que deixava a la vista unes bigues treballades. El que havia de ser el dormitori de la reina d'Espanya durant les seves visites al nostre país, s'havia convertit ara en un espai de trobades i actes.

A dins, unes taules col·locades en forma de quadrat omplien l'espai envoltades de cadires de pell negra i, davant de cadascuna, un micròfon. Els nouvinguts es van asseure a la taula oposada a l'entrada, protegint-se l'esquena de no se sap què. Mentre feien temps per esperar, els uns treien papers i bolígrafs i els altres tocaven els micros de davant seu i miraven l'estança.

Pocs minuts després es van obrir les portes i va entrar la diputada López i el seu equip, i es van asseure, lentament, tot just davant seu. Les cares amb què la van rebre els membres de l'associació no feien preveure una reunió plàcida.

—Benvinguts al Parlament —la Carla López va començar la reunió amb un somriure als llavis per intentar rebaixar la tensió.

Els propietaris forestals es van mirar. Un d'ells, el que era al centre de la taula vestit amb americana grisa i corbata blava, amb cabells escassos i rasurat per a l'ocasió, es va inclinar endavant i va prendre la paraula.

—Senyora López, som aquí perquè estem molt preocupats per la Llei de regulació d'explotacions forestals que està tramitant el Govern; pel que hem pogut llegir, és un atac directe als nostres interessos legítims.

—Això que fan és una vergonya —va saltar un altre dels assistents—, no ens poden prendre allò que es nostre —va dir visiblement enfadat.

—Joan, deixa parlar el president —li va dir el seu company agafant-lo pel braç.

El president es tocava l'anell d'or amb un segell al mig mentre mirava els seus companys. Va girar-se cap a la diputada i va continuar amb to pausat.

—Els terrenys que vostès volen desafectar per passar-los a comunals tenen amos, són terres que els nostres pares i avis van aconseguir amb molt d'esforç.

—No els volem prendre res —va indicar López—. Els indemnitzarem al seu preu just. El que volem és que els ajuntaments, o sigui totes i tots els ciutadans d'aquell municipi, puguin gaudir dels guanys que genera...

—I una merda preus justos —va tornar a interrompre el Joan—, i una merda! Els terrenys són nostres i prou! I una colla de funcionaris i polítics no ens els prendran, a veure si tens collons de venir a robar-me'ls —pel color de la cara, semblava que estigués a punt de petar.

—Calma't, Joan, calma't —va dir un altre dels assistents.

—És que ja n'estic fins als collons d'aquestes sangoneres. Si volen venir a fotre'm el terreny, la història de la muntanya de Tor semblarà un joc de nens, ja l'aviso, eh? Després no digui que no li ho he dit —va amenaçar alçant el dit.

—Seria millor que no ens poséssim nerviosos. Aquí hem vingut a parlar —un jove alt i prim, membre de l'equip tècnic de la diputada, va intervenir per posar pau.

La reunió va continuar amb queixes, retrets, amenaces i més d'una sortida de to. Dues hores després d'haver entrat, els membres de l'Associació d'Empresaris de Terrenys Forestals sortien de la sala visiblement contrariats.

—Quedem-nos un segon —va dir la Carla López al seu equip.

Un cop l'uixer va tancar la porta, la diputada es va adreçar als seus:

—Ja ho veieu, la reunió no ha anat gens bé, com era d'esperar.

—I ara, què? —va preguntar un d'ells.

—Doncs, tirar endavant! Continuem amb la llei tal com l'havíem previst. Sabíem que trobaríem reticències i les hem d'afrontar, no penso canviar ni una coma.

Un cop els propietaris van ser fora de l'edifici, com si fos una premonició, plovia a bots i barrals. Es van refugiar sota els arcs de l'entrada per fer un intercanvi d'impressions abans d'obrir els paraigües i anar-se'n cap als seus vehicles.

El president es va encaminar cap a un dels grupets que parlaven en rotllana. Quan van veure que s'acostava es va fer el silenci i s'hi van aproximar la resta de components de l'expedició.

—Em sembla que no pensa tocar res de la llei —va dir, i es va fer un xivarri de queixes al seu entorn.

Va aixecar la mà dreta i tothom va callar. Quan estava a punt d'intervenir se li va avançar el Joan:

—A fe de Déu que no se sortirà amb la seva. Quan pugi allí dalt l'esperaré amb lo barró. Allò que és nostre no ens ho deixarem prendre!

—I és clar que no, Joan, no donarem ni un mil·límetre de terra, però hem de ser astuts.

Els paraigües es van obrir i, a poc a poc, la comitiva va desfilar cap als cotxes.

Capítol 8
"En el exterior"
(Els 113)

Quan li han preguntat (a l'alcalde) si la ciutadania pot estar ja definitivament tranquil·la, ha respost, tot mentint deliberadament, que i tant que en pot estar.

Miquel Àngel Estradé, *L'assassí que llegia Vidal Vidal*

Van quedar davant del monòlit que s'erigia al capdamunt de la rambla d'Aragó de Lleida. Ho van fer perquè sí, sense cap intenció deliberada, senzillament va sorgir quan debatien qui portaria el cotxe i d'on sortirien.

Però no deixava de ser irònic que les persones de la ciutat que anaven en representació de les Terres de Lleida a la trobada que l'Assemblea de Catalunya havia de fer aquell 28 d'octubre de 1973 a l'església de Santa Maria Mitjancera de Barcelona partissin d'aquell monument, inaugurat el 3 d'abril de 1970 i construït amb les pedres de l'antiga presó provincial, "como perenne recuerdo a los cautivos que en ella ofrendaron su vida por Dios y por España".

Quan l'Antonio Farré hi va arribar, feia estona que l'Àngel i el Josep l'esperaven. Se'ls va trobar recolzats en el cotxe del primer, un 600 blanc que tot just tenia dos anys. Deu minuts escassos després van aparèixer el Miquel i el Pau; així, finalment hi eren tots. Es van saludar amb abraçades i rialles; no hi havia temps per perdre perquè el trajecte fins a la capital del Principat era feixuc. Al Farré, que era, d'un bon tros, el més prim i escanyolit, li va tocar entaforar-se al mig del seient de darrere.

Els esperava un llarg viatge encabits en aquella capseta de mistos que tot just superava els cent quilòmetres per hora en velocitat punta i amb vent de cua. Van fer la parada de rigor a la Panadella per prendre un cafè i fer una cigarreta, tot parlant de l'esperança, de nom Johan Cruyff, que debutaria al Barça aquell mateix dia. Després del darrer beure i de pagar, una visita al lavabo abans de reprendre la marxa.

Van entrar a Barcelona enfilant la Diagonal per aparcar el vehicle al carrer de Buenos Aires, prop de la plaça de Francesc Macià. El Miquel va ser primer a sortir-ne i va demanar a tothom que s'esperés allí mateix mentre se n'anava amb pas ferm cap a la cantonada del carrer del Comte d'Urgell. En va tornar al cap de pocs segons amb un posat decidit.

—Anem bé —va dir al grup—, el semàfor hi era, hem d'anar a un bar aquí a la Diagonal, el Calvo Sotelo. Tot en ordre.

—Què coi vols dir amb un semàfor, Miquel? —va preguntar el Josep, desconcertat.

—La persona que fa de control, la que ens indica que tot és correcte —va respondre el primer amb un somriure als llavis.

Algun altre vigilant amb sobrenom de dispositiu que regula el trànsit viari i diversos passos després els van conduir fins a una cruïlla on un home gras i calb fullejava un diari dempeus davant d'una botiga de queviures. Tots cinc s'hi van acostar amb la cautela reflectida als rostres.

—La reunió és aquí a la vora —els va dir xiuxiuejant—, a l'església de Santa Maria Mitjancera. Ara pareu atenció, si us plau —va continuar el desconegut—: sou ciutadans que assistiu a un debat per comentar l'encíclica *Pacem in Terris*.

—La què? —va preguntar el Josep.

—L'encíclica que va promulgar el papa Joan XXIII ara fa deu anys —va respondre—. És importat que ho recordeu. Avui es parlarà dels efectes d'aquest text en el món catòlic. Ah! —va afegir abans de finalitzar el seu petit parlament—, res de comentar qualsevol relació amb l'Assemblea de Catalunya, cadascú ha arribat a Barcelona com ha pogut.

Deu minuts més tard ja eren a l'interior d'una sala adjacent a l'església amb més d'un centenar de persones, totes assegudes als bancs de fusta. El rector va treure el cap tímidament un segon i, poc després, un destacat membre del PSUC va prendre la paraula per iniciar la reunió amb el primer punt de l'ordre del dia, l'aprovació de l'acta anterior.

Però als assistents els esperava una sorpresa i no precisament agradable. Una estona abans, la 41 Bandera Mòbil de la Policia Armada franquista havia acordonat tota l'illa de cases on estava situada la parròquia de Santa Maria Mitjancera i el Grup III de la Brigada Político-Social, el més experimentat i amb merescuda fama d'anticomunista, estava a punt d'irrompre violentament a dins del temple.

Al crit de "¡Todos al suelo!", els agents van entrar per la porta. Pocs segons després, els assemblearis eren de genolls a terra o ajupits amb les mans a l'esquena mentre els agents de l'ordre es passejaven entre els ciutadans que havien anat a debatre sobre una encíclica de la qual, minuts abans, ni tan sols havien sentit a parlar. "Quietos, no os mováis, las manos siempre en la clavícula", anaven repetint els policies amb un cert nerviosisme mentre cercaven cares conegudes.

La batuda no es va allargar gaire i poc després els presents a la reunió canviarien la sala de l'església per les cel·les de diferents comissaries de la ciutat. Als de Lleida els tocaria la temuda de Via Laietana, dels soterranis de la qual n'havien sortit desenes de denúncies de maltractaments, amb evidències físiques irrefutables. Els van posar en grups d'unes vint-i-cinc persones per a cada calabós, atès l'elevat nombre de detinguts i les poques cel·les disponibles. Un cop dins, tot aprofitant que els ponentins estaven junts, es van recordar la coartada.

Però no seria tan senzill. La Policia havia fet els deures i des de les diferents comissaries d'arreu del Principat anaven arribant informes dels assistents a la reunió de l'Assemblea de Catalunya. I alguna altra cosa també.

Quan començava la nit, es va iniciar la desfilada dels presos camí dels anomenats, eufemísticament, "interrogatoris". El nerviosisme per les detencions, alimentat per les històries de les tortures que succeïen en aquella comissaria allargaven agònicament els minuts i les hores dins la cel·la, mentre que el soroll de les passes quan s'acostaven les escurçaven.

Eren tres, un portava la mà dreta embenada. Es van quedar dempeus uns segons davant dels barrots amb cara impertèrrita, escodrinyant entre els detinguts amb la mirada fins que un d'ells va alçar el braç i en va assenyalar un. Una figura llarga, prima i pàl·lida va alçar el cap. "Antonio Farré", van dir amb un mig somriure, "es tu turno".

El van fer sortir agafant-lo ben fort pel braç. L'Antonio no va oposar resistència; era inútil, va pensar. El camí cap a la sala d'interrogatoris es va fer amb empentes i algun clatellot.

—No le des tan fuerte, que van a tener que vendarte la otra mano —li va dir un dels policies a l'altre mentre somreien.

El van asseure amb violència en una cadira metàl·lica. Davant seu, una taula que havia vist temps millors i a sobre una carpeta de cartró blava tancada. Un dels policies, el més gros, es va asseure davant seu mentre els altres se li posaven a darrere; els podia sentir clarament la respiració a través dels pèls eriçats del seu clatell.

—Bueno, Farré, ¿qué le trae por Barcelona? —va preguntar el seu interlocutor mentre li clavava la mirada—. Piensa bien la respuesta que hoy no estamos de muy buen humor, ¿verdad, chicos? —va preguntar mentre feia una llambregada ràpida als seus companys.

—He venido a Barcelona para escuchar a unos sacerdotes; iban a dar una conferencia sobre la encíclica *Pacem un Terris* —va gairebé xiuxiuejar Farré.

—Respuesta incorrecta —va dir el policia, que es va incorporar lentament cap a la taula, va obrir la carpeta i en va treure un parell de fulls—. Antonio Farré Peguera —va llegir lentament—, natural de Lérida, miembro de la Asamblea de Cataluña y cabecilla del Front Nacional de Catalunya en la ciudad... ¿Quieres que siga, hijo de puta? —li va dir clavant-li els iris.

—Yo solo he ido como ciudadano a una charla... —va ser tot el que va poder dir abans que un dels policies que tenia darrere el tirés a terra i comencés una pluja de puntades de peu a la qual es va sumar, immediatament, el seu company. Una pedregada intensa que es va aturar en sec quan es va obrir la porta.

Antonio Farré va retirar, lentament, les mans amb què es protegia el cap i va alçar la vista per veure els intrusos. Davant seu, amb les mans a la butxaca, un home amb corbata i americana, moreno, amb entrades i un bigoti retallat, somreia.

—Señor Farré, ¿le han molestado estos señores?

—¡Iros a tomar un café, va! —els va dir als tres que es mofaven del lleidatà—. Espero que hayan respetado los derechos humanos, ya sabe que somos muy escrupulosos con estos temas —li va dir el nouvingut.

Es va situar davant seu i li va oferir la mà per aixecar-se.

—Perdone que no me haya presentado. Soy Antonio Juan Creix, jefe de la Brigada Político-Social de Barcelona, y estoy seguro que nos vamos a entender. Por cierto, he traído conmigo a un amigo suyo. Pasa, pasa —va dir alçant la veu, dirigint-se a una porta que es tornava a obrir i per on va fer acte de presència un home espigat que s'arromangava les mànigues de la camisa.

—¿Qué tal, Antonio? Ya te dije que nos volveríamos a ver —va dir un Juan Martín que es treia les sempiternes ulleres de sol—. Y esta vez nadie te va a salvar.

A la comissaria de la via Laietana es van obrir, un cop més, les portes de l'infern.

Capítol 9

"No dejes de sonreír"

Ens unia una amistat fresca i alegre.
David Marín, *Ciutat fantasma*

Havien quedat a la terrassa del Beat, al barri de Cappont de Lleida, en aquella hora que fa frontera entre la darrera cervesa i el primer entrepà. Sota unes marquesines negres en un lloc guanyat a la vorera, una tauleta quadrada i unes fustes amb coixins que construïen una mena de sofà feien l'espai d'allò més agradable.

Quan el Manel va arribar, la Sònia ja s'havia demanat unes patates Beat amb tres salses diferents, per a compartir —li va dir—, i una cervesa artesana.

—M'ha jurat el Sergi que no són d'aquelles tan amargues —va afegir amb un somriure.

Minuts després arribava el Jordi amb posat atrafegat. La Sònia el va mirar riallera.

—No anem per aquí, amiga, no hi ha novetats.

—Que em puguis explicar... —li va dir ella mentre li feia l'ullet.

—No diré res sense la presència del meu advocat —va afegir el mosso amb una mitja rialla fent el gest de tancar-se la boca amb una cremallera quan arribava el Sergi, l'amo del bar, amb una tauleta negra a les mans per agafar la comanda.

—Veig que ja hi sou tots. Heu pensat el que voleu?

—Sopareu aquí? —va interrogar el Manel fent una ullada als seus amics.

Es van mirar entre ells i van fer que sí amb el cap. El Jordi posava la contrasenya al mòbil per fer un WhatsApp a la Meritxell, "al final em quedo a sopar", acabat amb una emoticona d'una cara fent l'ullet i traient la llengua. "Passa-t'ho bé", fou la resposta de la seva parella.

—Doncs, mira, jo em fotré una d'aquestes hamburgueses veganes que teniu —hi va tornar el Manel.

—No ho he entès mai, jo, això —va dir el Jordi—. Per què fan aquestes coses veganes amb noms de menges carnívores? *Fuet vegà, cansalada vegana*... Que li diguin, jo què sé, *mixtura plana de verdures*, no? —Va mirar al cambrer.

—Mira, tu fes-me *gasto* i li dius com vulguis —va respondre el Sergi en to burleta.

—Va, hòstia, no l'emboliqueu, digueu-li el que voleu i no feu més la mona. —La Sònia, com era habitual, posava seny i ordre.

Quan va marxar l'amo del bar, la Sònia va mirar el Jordi fixament amb un posat que volia semblar enfadat i que amagava un somriure còmplice.

—Veig que per a ajudar una amiga, res, eh, però per a demanar halar sí que t'ha tornat la veu.

—És que no voldria veure demà publicada una notícia amb dades confidencials —va respondre el mosso mentre picava quatre olives que els havien posat per a fer gana.

—Jo sempre guardo les meves fonts, això és sagrat.

—Sí, és clar, senyora Bernstein. Au, passa!

—Que ha de durar molt aquest *cuento* vostre? —va intercedir el Manel—. Quan acabeu m'aviseu, eh?

El Jordi li va donar un petit copet a l'espatlla:

—No tinguis enveja, home, després parlarem del pantocràtor de Taüll.

—Que no és un pantocràtor, encantat! Que és una *maiestas dominis*. Si et sent el Velasco...

—Va, explica-li, Manel, el joc aquest de les set diferències —va dir en evident to de befa la seva amiga.

—Que pesats que sou! Ja sabeu que no soc medievalista, jo; jo soc contemporània.

La Sònia i el Jordi reien alhora. La Neus va arribar amb les patates, que va deixar sobre la taula.

—Per a compartir, no? —va afegir, mentre repartia una forquilleta a cadascun dels comensals, que van tardar escassos segons a atacar-les.

El mòbil del Manel va fer un brunzit i es va il·luminar amb la icona verda del WhatsApp.

—És la Pili —va dir, i en va revisar el contingut mentre feia una rialla ampla.

—Ara no ens deixaràs amb la intriga, oi? Què és? —La periodista no descansava mai.

Va ensenyar el mòbil als seus amics. A la pantalla, una foto de la seva filla, l'Abril, amb la darrera samarreta del Barça.

—La de la Champions d'enguany! —va dir visiblement orgullós—. La hi ha regalat el meu cunyat.

—Que bé! —va dir la Sònia—, la meva només diu "hola", "adeu" i es tanca a l'habitació. Vejam si això de l'adolescència s'acaba aviat.

—Va, dona, va: per què et queixes, si et treu unes notasses... Ja m'agradaria a mi que l'Abril, quan sigui gran, tragués la meitat de bones notes que la Blau.

El mosso va rebufar amb la mirada perduda.

—Hosti, Jordi, perdona, ja ens tornem a fer pesats amb el tema del criaturam.

—Feu, feu —va dir ell.

—No, home, que ens sap greu.

—És que quan us poseu a parlar de nens sou una miiiiica insuportables! Només una miqueteta de no res... —va ajuntar els dits índex i polze per reforçar el seu argument—. Us he de dir que es pot viure perfectament, i feliç, sense canalla.

—Això ho dius perquè no en tens! —El Manel somreia, però, de cop, com si s'adonés que el que havia dit era profundament inapropiat, es va fer el silenci.

El seu amic el va mirar amb un somriure irònic.

—Es pot viure sense nens, i encara més, es pot decidir no tenir-ne i això no et fa infeliç ni et treu sentit a la vida, amic. Això nostre és una decisió conscient i meditada. La idea de nens per obligació deu ser una rèmora d'aquestes cristianes, i jo que pensava que tu eres progre —va fer una glopada a la seva cervesa mentre el mirava de reüll.

—*Aceptamos pulpo* —li va respondre el seu amic—. D'acooord —va dir allargant la segona vocal, i li va acostar el got per brindar.

—I que els vostres són molt guapos —va afegir el mosso— i els més llestos de tots, que no soc pare, però ja m'ho sé, això.

—I, mira, et salves dels grups de WhatsApp; ara que, essent home, crec que li tocaria més el rebre a la Meritxell. Sembla que es comença a normalitzar, però diria que les mares encara som més del vuitanta per cent... —va afegir la Sònia.

—Veus? Tot són avantatges!

Va arribar el sopar i la conversa es va suspendre uns segons mentre encabien els plats a la tauleta apartant vasos, tovallons i coberts. El Manel va regirar una motxilleta negra que havia portat i en va treure dos llibres amb el títol *El Caliu Ilerdenc, el poder subterrani a Lleida* publicats per l'editorial Pagès, que va donar als seus amics. Acabats de sortir del forn! —va dir.

—Hosti, que bé! —va dir la Sònia mentre el fullejava—. Ha quedat genial!

—Sí, n'estic prou content —va afegir-hi l'autor—, molta feina, però la recompensa s'ho val.

El Jordi va posar el nas entre els fulls com si els olorés i va xafardejar el contingut del text.

—No hi ha fotos ni dibuixets! —va dir rient—. Fes-nos-en un *spoiler*, va!

—Te l'has de llegir, que, si no, perd la gràcia. La veritat és que he trobat coses molt interessants i curioses.

—Alguna persona que coneguem? —La Sònia no podia evitar la vena periodística.

—Doncs, mira, sí. —El Manel va obrir el llibre cap al final i va remenar fins que va trobar una pàgina concreta, va allunyar-se el llibre i es va fregar els ulls.

—Ens fem vells. Ens hem d'apartar les coses perquè ja no podem llegir, ens falta braç!

—Doncs sí —va afegir el seu amic—, i darrerament crec que m'ha augmentat! Aquí, mira, José Mola, el pare d'aquell que anava al Màrius a la nostra classe, el Chus, el recordeu? Seriot, amb el cabell tallat gairebé al zero, que portava pantalons curts a l'hivern.

—Sí, hòstia, sí! Que no sortia mai, així tot apocat.

—Aquest! El seu pare va ser cap de la Falange a Lleida als quaranta, un *camisa vieja* que ja era franquista *avant la lettre*, dels que enviaven informes perquè afusellessin lleidatans. Al final va acabar al món de la cultura, com una mena de mecenes, i els alcaldes democràtics li reien les gràcies quan feia donacions al museu. Ara he sentit que li volien dedicar un carrer.

—Veus que bé! —la periodista bevia un glop de cervesa.

—Bé, bé... La història de sempre, que en aquesta maleïda Transició que va ser una transacció, l'elit del franquisme, els governadors civils, policies, funcionaris, jutges, van passar sense solució de continuïtat de jurar les lleis del règim a cantar les excel·lències de la democràcia.

—No ho sé, potser no es podia arribar més lluny, vull dir que hi havia molta pressió, l'Exèrcit amenaçava dia sí, dia també... —El mosso esdevenia, per uns segons, historiador.— Segur que van fer el que van poder.

—I Franco va morir al llit —va afegir la periodista.

—Així mateix —va reblar Solsona—. Avui és mes fàcil jutjar-ho, però recordo que durant el cop d'estat del 23-F els meus pares feien la maleta, i això que eren militants de base de Comissions. En tot cas, és aigua passada. Si m'ho permeteu, vaig a fer un riu, que tanta cervesa comença a fer efecte.

Jordi Solsona es va aixecar i va entrar al local mentre la Sònia mirava fixament el Manel, que menjava desganadament l'hamburguesa vegana. Quan el mosso va ser prou lluny, la periodista es va adreçar al seu amic:

—Què et passa, Manel?

—Què vols dir?

—Manel Farré, fa més de vint anys que et conec... Què et passa?

El seu amic va acotar lleugerament el cap mentre deixava el sopar al plat.

—Fa dies que no hi veig bé, una mica borrós, i tinc mal de cap.

—Doncs amb això no s'ha de fer broma, demana hora al metge. Si convé ja t'hi portaré jo agafat de l'orella.

—La setmana que ve tinc hora a l'Arnau, em fan un TAC cranial.

En aquells moments es va obrir la porta del Beat; el Jordi tornava eixugant-se les mans amb uns papers del lavabo.

—Si que esteu seriosos! Que només he marxat uns minuts!

La Sònia i el Manel van forçar un somriure.

—Va, Jordi, explica'ns allò del *pistolero* del jutjat.

El mosso va començar a relatar, un cop més, una de les seves investigacions de més èxit.

Capítol 10
"Appalaoosas"

Li recordo que el catàleg d'ofertes té una caducitat quasi immediata.
Emili Bayo, *Puta pasta*

Tres setmanes després de la darrera trobada, el secretari de Carla López, a petició de l'Associació de Propietaris de Terrenys Forestals que exquisidament havien demanat disculpes per l'última reunió, havia concertat una nova cita.

La diputada es va imprimir l'esborrany de la llei a dues cares i dues pàgines per full i el va repassar un darrer cop. Havien estat poques les modificacions que s'havien incorporat des de la darrera reunió, la major part purament de tipus jurídic, seguint els criteris dels lletrats del Govern. Calia crear una arquitectura jurídica impecable per tal de recuperar les terres que eren en mans privades i passar-les a comunals, perquè era evident que, un cop la llei se sotmetés a informació pública, seria escodrinyada per un exèrcit d'advocades i advocats buscant qualsevol escletxa per tombar-la.

Es va posar les ulleres de pasta negra i es va pentinar els cabells enrere mentre rellegia en diagonal les disposicions transitòries de la norma, tot jugant amb un bolígraf entre els dits de la mà dreta. Just a l'hora convinguda, a les quatre de la tarda en punt, el secretari l'avisava que el convidat acabava d'arribar.

Va sortir del despatx, situat al primer pis d'una de les ales del Parlament, acompanyada d'un dels tècnics que l'ajudaven en la redacció de la llei, i se'n van anar cap a la sala de visites. De camí, va trobar el Llorenç, el cap de protocol, un menorquí que feia anys que treballava a la institució.

—Senyora López, li recordo que avui a les cinc fem l'acte de memòria sobre el genocidi armeni al pati del Parlament, hi haurà una bona representació de la seva comunitat a Catalunya.

—Sí, ho tinc present, gràcies.

De fet, havia convocat la reunió amb els propietaris de boscos a les 4 de la tarda tenint en compte aquesta commemoració, que era l'excusa perfecta perquè la trobada, que no li venia gens de gust, no s'allargués en excés.

El president de l'associació, un home ja carregat d'anys, vestit amb americana blava amb finíssimes línies grogues que portava oberta, pantalons, corbata a joc i una jaqueta convenientment doblegada en un braç, l'esperava dempeus just davant de la sala de reunions. Se'l va mirar, li passava ben bé tres pams.

Li va allargar una mà immensa amb uns dits com botifarrons i l'índex constret per un anell d'or amb un segell i dues inicials. Li va fer una encaixada al límit del mal mentre la mirava fixament.

—Entrem, si li sembla.

La Carla agafava la iniciativa obrint la porta i assenyalant l'interior de la sala.

—He vingut sol —va dir ell—, no cal que porti acompanyant si no vol, crec que podrem parlar amb més confiança.

—És per si cal parlar d'algun aspecte concret de la llei —va dir ella mirant el seu ajudant.

—No es preocupi, segur que ens entendrem —li va respondre amb to paternalista.

La diputada va fer un moviment amb el cap prou entenedor perquè l'altre se n'anés i els deixés tots dos sols. Van fer cap a dins de la sala. Era un despatx auster amb les parets de color marró crema pelades d'ornaments, una finestra a l'extrem contraposat a la porta i un mobiliari d'oficina que constava d'una taula ovalada i quatre cadires. Es van asseure un davant de l'altre i cadascun es va posar el mòbil al davant, ella de cap per avall.

—Vostè dirà —va començar ella.

—En primer lloc, volia disculpar-me per la reunió de l'altre dia. Alguns dels meus companys estaven nerviosos.

—Massa, potser —va reblar ella.

—Sí, però ja entendrà que estem parlant de propietats molt singulars, algunes han passat d'avis a pares i d'aquests als seus fills i tenen un valor sentimental que va més enllà del valor econòmic. I no és que amb això vulgui excusar-los.

—Gràcies —va respondre ella secament—. Li sembla si anem a l'objecte de la trobada?

—És clar, és clar —va dir ell mentre treia un feix de papers de dins d'una carpeta de pell marró una mica gastada—. Des de l'associació hem fet una relació de les terres incloses en aquesta desafectació que ha previst la llei; veurà que parlem de moltes hectàrees.

—És només una petita part de les terres forestals en mans privades, ara passaran a mans dels ajuntaments, és un bé per a tothom.

—Permeti'm que discrepi. Aquestes terres no ens les ha regalat ningú i tenim tot el dret a conservar-les. No ens van sortir de franc a nosaltres, són fruit de l'esforç i el treball —va dir ell mentre es tocava l'anell amb una mà.

—Per això seran convenientment indemnitzats segons el preu real i just del que valen.

La diputada va girar el seu mòbil i va prémer el botó del lateral per comprovar l'hora. El rumb que prenia aquella reunió no li agradava.

—Estem parlant de molts milers d'euros i de pèrdues importants per a molts dels empresaris del nostre sector, no solament directes, sinó també indirectes. Pensi que som uns quants els qui tenim indústries associades a les nostres explotacions.

—Que no hauran de tancar —va apuntar ella—, sinó comprar a un ens públic que després redistribuirà els diners entre els seus veïns i veïnes.

—Senyora López, sàpiga que no és el primer cop que un govern impulsa un projecte d'aquest tipus. Nosaltres, a l'associació, som gent de diàleg i acord i sempre ens hem entès amb el diputat proposant, arribant a un bon acord per a ell i, evidentment, per al seu partit.

La diputada no va poder amagar la cara de sorpresa.

—Senyor president, no deu estar dient el que crec que diu...

—Els catalans som gent de pacte. Vostè és molt jove, però ja ho veurà. Hi guanyem més amb acords que amb enfrontaments que poden acabar malament. Tenim gent al Pirineu molt enfadada, i ja sap com són.

—Crec que la reunió s'acaba aquí —va dir ella, visiblement irada—. Si la seva associació té alguna proposta per incloure al text, facin un correu electrònic al meu secretari. Ell els atendrà com cal.

El president de l'associació no va moure cap múscul de la cara, però la ràbia que covava feia que li tremolés el pols quan recollia els papers i els posava dins la maleta. La va tancar, es va posar dret i va agafar la jaqueta.

Van sortir de la sala i ell se la va mirar des dels seus seixanta centímetres més d'altura.

—Pensi-ho bé, senyora López, reflexioni, parli-ho amb la família.

Es va girar i va marxar. No es van donar la mà.

Capítol 11
"El último escalón"

L'home té una capacitat de recuperació magnífica i ensems terrible.
Manuel de Pedrolo, *Joc brut*

—Quin fill de puta aquest Suárez, quin grandíssim fill de puta! —Vicente Soler remugava en veu alta mentre fullejava les primeres pàgines del diari *ABC*.

El seu company va aixecar la vista de la màquina d'escriure i se'l va mirar.

—Què passa, Vicente, què tens?

—Que no ho veus, Juan, que aquest cabró ho està fent tot malbé? Ara diu que vol aprovar una llei d'amnistia! Quins collons! Nosaltres que ens hem esllomat perseguint comunistes, anarquistes i maçons, defensant el país, i ara tota aquesta feina per no-res, perquè aquests fills de puta surtin al carrer —Vicente va abaixar el diari i es va mirar el seu company—. I això que aquest era dels nostres! Quin desgraciat!

Juan Martín va agafar lentament una cigarreta del paquet de damunt de la taula i se la va posar suspesa als llavis, va encendre un llumí, el va acostar al tabac i va pipar fins que en va sortir fum. Amb un gest ràpid de la mà dreta va apagar el cap del misto, que va deixar al cendrer.

—No et posis pedres al fetge, Vicente. Nosaltres hem fet la nostra feina, el nostre servei a Espanya, i en podem estar ben orgullosos —va dir-li sense mirar-lo als ulls.

—Ni Espanya ni hòsties, Juan, que si reforma política, eleccions... que han legalitzat els comunistes! Els comunistes als quals hem perseguit tota la puta vida! De què merdes ha servit tota la nostra feina, Juan, de què? —Vicente tenia les galtes ben vermelles.

—No et pensis que no estic emprenyat, jo! —va dir mentre amb un toc subtil a la cigarreta feia caure un bon gruix de cendra—. No m'agrada gens, però no podem anar a contracorrent; si no ens adaptem serà pitjor.

—Què vols dir? —va preguntar l'altre.

—Que poc hi podem fer, els temps estan canviant i ens hi hem d'emmotllar, perquè, mani qui mani, de policia, sempre en farà falta.

Vicente Soler va obrir violentament el primer calaix de la taula a mà dreta i en va treure un carnet del partit feixista Fuerza Nueva, que va ensenyar amb braç ferm al seu interlocutor

—Aquests són els meus principis, per això hem treballat anys i panys, i ara vols que hi renunciï? No, Juan, no, jo soc fidel a Franco, ara no em canviaré de jaqueta; no soc d'aquests, jo.

—Calma't, company, jo també he servit el Caudillo durant molts anys i n'estic ben orgullós, només que ara haurem de fer algun petit canvi, res més.

—No t'entenc —va respondre Vicente visiblement molest—, no eres tu qui perseguia amb més ganes els separatistes i els comunistes? Qui parlava dels principis del Movimiento? Qui teixia contactes amb delegats i membres de la Falange? I ara en renegues?

—No m'entens —li va respondre Juan Martín amb tota la calma.

—Doncs, no —va interrompre'l l'altre—, i mira, aquest dissabte hi ha un acte del partit en què intervindrà Blas Piñar. La meva dona i jo serem a primera fila i espero, de tot cor, veure-t'hi. Seria una decepció, una traïció que no hi fossis.

Juan Martín es va posar el paquet de tabac a la butxaca de la camisa de color blau clar que portava mig desbotonada, des d'on sortia un frondós pèl negre, i es va aixecar a poc a poc de la cadira. Es va mirar el seu amic i li va dir en veu baixa, gairebé xiuxiuejant:

—Vejam si puc, no sé si em va gaire bé.

I va sortir de l'habitació.

Aquell dissabte, a la capital del Segrià, unes dues-centes persones escoltaven atentes el líder de Fuerza Nueva bramant, darrere del faristol, que "España tiene un empacho de democracia", mentre movia enèrgicament el braç dret.

A primera fila, vestits de diumenge, pentinats, nets i polits, la família Soler, home, dona i nens, escoltaven atentament les paraules del falangista i anaven assentint amb el cap. Lluny d'allí, el seu company Juan Martín era a punt de començar una nova feina que li permetria adaptar-se als esdeveniments i a la realitat política.

Tres tocs suaus a la porta van desvetllar el governador civil del sopor de mitja tarda.

—Endavant —va dir, tot recollint alguns papers que tenia desplegats per la taula per apilar-los en un costat—. Segui, segui comissari, va indicar al nouvingut.

El policia es va acomodar en una cadira de fusta treballada entapissada amb un seient bordeus encoixinat, que conjuntava perfectament amb el despatx, carregat i barroc. Davant seu, una ampla taula de fusta massissa de vores amb sanefes fetes a mà suportada per unes potes gruixudes que donaven imatge de fortalesa. Al damunt, un telèfon negre, un pot amb un llapis i una ploma, un munt de papers en un costat, un marc de plata amb la foto de la família del governador i, just sobre el lloc on aquest seia, una foto del rei que, feia poc, havia substituït el dictador Francisco Franco.

—Vejam, comissari —va dir mentre ajuntava les mans com si resés i posava els colzes damunt de la taula—. L'he fet venir per una cosa menor, però que té una certa importància en els moments que estem vivint.

L'agent seguia impertèrrit la conversa sense mostrar cap voluntat aparent d'intervenir.

—El fet és que un policia de la Brigada Político-Social, un dels seus homes —va agafar un paper i es va posar unes ulleres amb muntura fina daurada—, un tal Vicente Soler Foix, va participar aquest dissabte en un acte de Fuerza Nueva a la ciutat —el va informar mentre esperava una resposta del comissari que no va arribar.

El comissari Vallejos seguia sense badar boca.

—El que li vull dir —va reprendre el governador— és que ja sap que tot això està canviant, allò de "la dona del César no ha de ser-ho, sin*ó* semblar-ho". Ara som una policia democràtica, Vallejos, i amb això no vull insinuar que aquest bon home no es pugui afiliar a Fuerza Nueva ni votar Blas Piñar, només faltaria! Gent com aquesta ara fan més falta que mai, però cal tenir una certa contenció.

L'entrada de la secretària amb aigua i dos gots va interrompre, momentàniament, la conversa entre els dos homes. El cap de la Policia va aprofitar per agafar un dels gots i beure'n una mica. Quan va acabar es va escurar la gola i va preguntar:

—Senyor governador, què és el que em demana exactament?

El governador va rebufar ostensiblement i es va reclinar a la cadira de cuir que el contenia, es va girar un moment, va treure una ampolla de whisky d'un armariet de darrere seu i se'n va servir en un got.

—En vol? —li va preguntar al seu acompanyant, que va fer un gest negatiu amb la mà.

—Vallejos, ja fa molts anys que ens coneixem —va beure un glop d'alcohol—. El pas al nou règim exigeix sacrificis; els de dalt volen algun gest que tranquil·litzi els socialistes i els comunistes, que ajudi una mica els nostres, no sé si m'entén.

—No gaire, la veritat —va respondre el comissari lacònicament.

—Doncs, que el tal Vicente Soler era un dels que repartia estopa, dels de la mà fàcil, i ara s'ha equivocat de bàndol. Estic segur que apartar-lo una mica, no dic fer-lo fora, però alguna acció que es visualitzés com un càstig seria benvingut i ens ajudaria a netejar un poc la imatge del cos, a fer-la més... democràtica —va explicar, allargant especialment aquesta darrera paraula.

El policia va fer un lleuger gest d'aprovació amb el cap.

—Necessitem fer alguna cosa perquè res no canviï, Vallejos, pel bé del país i pel nostre bé —va dir el governador mentre escurava la copa—. Mantingui'm al dia de les gestions en aquest aspecte, i recordi, màxima discreció.

El comissari va desaparèixer lentament del despatx donant l'esquena al somriure del flamant nou rei penjat a la paret.

Capítol 12
"Blues del sapo"

Ves per on, encara tindríem avui una bona crònica.
David Marín, *Appletown*

Li va sonar el telèfon de damunt de l'escriptori i va haver de remoure alguns papers que hi tenia davant per poder-lo agafar. Era de la vella escola, de les que encara tenien la taula plena de folis que subratllava, ordenava i grapava contràriament a les noves companyes, que, no sabia com, eren capaces de tenir-ho tot en dues pantalles.

—Sònia, pots venir un moment? —la veu ronca del director del diari era inconfusible.

Va rebufar, va girar la cadira i es va incorporar per anar, a poc a poc, cap al despatx del seu cap. Dos tocs a la porta.

—Entra —va respondre ell a l'altre costat.

Era una estança rectangular. En un lateral, hi havia la porta des d'on ella guaitava; al davant, un gran finestral amb un sofà de pell negra i una tauleta blanca i petita al davant amb un cendrer ple de caramels de menta al centre. A l'altre extrem de l'estança, una taula llarga i, darrere la pantalla de l'ordinador, un home de mitjana edat, amb el pèl aclarit i ulleres a mitja altura del nas la mirava fixament.

—Seu, seu —va dir assenyalant el sofà—. Un segonet, que acabo quatre línies que em queden i vinc.

Es va acomodar en un extrem d'aquell moble negre encoixinat amb les cames encreuades i va repassar lentament amb la vista els racons d'aquella habitació que se sabia de memòria. Més de vint anys de treball en aquella empresa havien donat per a moltes reunions, converses i algun esbronc sonat. Va desfer lentament el paper del caramel que va deixar en aquell cendrer reconvertit en contenidor de dolços i es va posar el sucre amb gust de menta a la boca.

—Ja està —va dir l'altre, que es va aixecar per asseure's a l'extrem contrari del sofà—. I què, com va?

—Bé, bé —va respondre amb un cert titubeig, tot intentant escurçar aquella mena de pròleg que l'incomodava una mica—. Què volies? —va preguntar sense voler semblar antipàtica.

El director va somriure i es va apujar les ulleres.

—Què en sabem de la Carla López?

—La que es va matar fa tres dies? —va preguntar amb sorpresa.

—No n'hi deu haver cap altra a Lleida amb aquest nom que se suïcidés la setmana passada, no?

La Sònia es va posar a lloc un floc de cabells que s'havia escapat.

—Doncs el que és de domini públic. Una diputada amb projecció, amb una nena, casada...

—Sí, sí, això ho sap tot déu, però, saps què passa?, que no es pela cada dia un càrrec electe del Parlament de Catalunya i crec que estaria bé que en féssim un reportatge més extens que la notícia que vam publicar l'altre dia. Un article que digués qui era, com era, què feia, sense que sigui una cosa gaire melodramàtica ni ensucrada, una mica d'investigació, sense passar-se, que no estem per gastar gaires quartos.

—És clar, és clar —va dir ella.

—Vejam si pots fer quatre línies per d'aquí a un parell de setmanes, que el tema encara estarà calent, dues pàgines amb alguna foto. Encara trobaràs alguna cosa, que aquesta gent tan perfecta sempre amaguen secrets obscurs —va advertir-li fent-li l'ullet.

—I què en faig, de les notícies de cada dia? La vida no em dona per a fer-ho tot.

—Sí, dona, sí, ja li diré al cap de redacció que et doni una mica d'aire, però sense passar-se, que els temps no estan per a gaires alegries.

—Farem el que podrem, el tema no és fàcil —va respondre mentre mentalment ja ordia l'estratègia: buscar algú proper que no fos ni els pares ni la parella per a demanar un contacte assegurant que seria respectuosa, telefonada a familiars, visita...—. Ja saps que, en casos així, no hi ha terme mitjà: o volen parlar o res de res.

—Ets espavilada, Sònia, te'n sortiràs —li va donar un copet suau a l'espatlla i es va aixecar donant per acabada la conversa—. Ves-me informant. Ja saps que confiem en tu, ets de les bones.

Va arribar de nou al seu cau sotmesa a mirades indagatòries dels seus companys i companyes de les taules veïnes. Les va retornar amb un somriure —"res, res, un articlet de la López aquesta, res emocionant"— i es va deixar caure a la cadira.

I, malgrat tot, per un moment li van tornar a ressonar les paraules que havia pronunciat el seu director: "Aquesta gent tan perfecta sempre amaguen secrets obscurs". Però no, no podia ser, s'ho va treure del cap ràpidament per a continuar la notícia sobre la plaga de rates que, darrerament, infestava el barri de Ciutat Jardí.

Capítol 13
"La canción del murciélago (en el túnel del tiempo)"

Feia molts anys que dues famílies es barallaven per un terreny.
Rafa Melero, *Feina negra. Assassins de Ponent*

Amb els artells dels dits índex i del mig va fer dos tocs suaus a la porta i va esperar un segon la resposta.

—Entra, entra.

A poc a poc, Juan Martín va accedir al despatx d'un Josep Batlle que l'esperava amb una taula plena de papers. Va mirar a l'esquerra, on hi havia un dels armaris que contenien arxius de comptabilitat, llibres, expedients, i també, al centre, un marc de fusta amb la foto del seu cap i el seu fill, un jove Xavier Batlle que prometia, com el seu pare.

—Tu diràs —va dir l'expolicia mentre es treia un paquet de tabac de la butxaca de davant de la camisa i oferia una cigarreta al seu interlocutor.

Josep Batlle va estirar el braç i la va prendre sense pressa. La va encendre, va fer una calada i va dipositar el tabac en un cendrer mig ple. Uns segons després, l'expolicia feia el mateix.

—Vols que obri una finestra? —va demanar l'exagent.

—No cal, home, a veure si ara ens molestarà una mica de fum!

Batlle va somriure, estava segur que l'havia encertat amb el fitxatge d'aquell home a qui, de mica en mica, anava agafant afecte.

—Mira, Juan, tenim un problema. Amb això del canvi de règim, tothom es creu amb dret a tot. Abans hi havia més ordre, no sé si m'explico; ara qualsevol ninot creu que pot manar i queixar-se.

L'altre va assentir amb el cap mentre l'empresari li allargava un parell de papers.

—Fes-hi una ullada.

Eren títols de propietat d'unes terres al Pirineu i el que semblava una demanda civil per part d'una tal Clara Marqués demanant que se li retornessin.

—Veus el que et dic? Aquesta nena demana que li tornem unes terres que diu que són de la seva família, unes que vam comprar l'any 42.

—Mmmm —va murmurar l'expolicia—. I aquí també hi ha unes escriptures.

Josep Batlle va recollir el feix de folis, els va plegar i els va desar en una carpeta de propaganda de fitosanitaris. Hi va posar les mans a sobre i va tornar a mirar el seu company.

—Saps què passa? Que als anys quaranta i cinquanta això de la legalitat no era com és ara.

—Què vols dir?

—Aquestes terres pertanyien a l'alcalde republicà del poble, un pobre noi d'Esquerra Republicana que van afusellar de seguida que els soldats van posar el peu a la primera casa del nucli urbà. Al final ho vam parlar amb la gent del Movimiento i els càrrecs polítics i les vam comprar nosaltres, no sé si m'explico.

Juan Martín va assentir lleugerament mentre el seu nou cap continuava la conversa.

—Malauradament ha entrat algun jutge que es pren això de la democràcia massa seriosament —va tossir— i no voldria molestar els meus coneguts, no voldria fer soroll per una cosa tant insignificant...

—I què vols que hi faci jo?

—Home, per alguna cosa ets aquí, no? Deus tenir coneguts a la Policia o a l'Exèrcit per aquella zona que podrien fer quelcom, un ensurt, res greu. Només que li recordeu qui mana i què podria passar si es remenen coses que no convé...

L'expolicia va tornar a assentir. Va sortir de l'habitació i va fer un parell de trucades. Dues setmanes després es retirava la demanda dels jutjats.

Capítol 14
"Cruza los dedos"

Arriba un moment que has de mirar la teua vida de cara.
David Marín, *Purgatori*

Es va estirar lentament en aquella mena de llit de plàstic semicònic i es va acomodar el coixí al cap. Feia fresca, una sensació que aquelles parets blanques i l'olor de neteja a fons amb un producte desinfectant força potent accentuaven. Va moure el tronc del cos lleugerament per adaptar-se a aquell jaç temporal i va estendre els braços cap a baix, rectes, ben enganxats al cos, ensenyant el palmell de les mans cap al sostre.

El pit se li eixamplava lleugerament a cada respiració sota aquella bata feta d'una mena de paper verd. Feia esforços per mantenir la calma i no fer evident la inquietud que llocs com aquell li transmetien des de ben petit.

Una infermera li va posar una mena de torniquet una mica més amunt del colze, després li va palpar el braç esquerre —"tens bones venes", li va dir— fins que van trobar el punt correcte. Sempre, en aquests moments, no sabia per què, el cap li marxava cap a una cançó de Neil Youg, "The Needle and the damage done", encara que en el seu cas era el contrari: la cànula afilada que li esquinçava la carn i se li introduïa vena endins era per a un bon fi. El contrast que aviat compartiria espai amb la seva sang havia de permetre saber què passava dintre seu.

Va aixecar una mica el cap per veure com el punxaven, una cosa que sempre li havia provocat una mena d'efecte hipnòtic, i després el va tornar a acomodar damunt del coixí. La part complicada ja havia passat, va pensar. El van tapar amb una manteta més avall de la cintura i a poc a poc el seu cos es va anar introduint dins del cilindre de plàstic fins que només en van quedar fora les cames. L'esperaven vora vint-i-cinc minuts en què calia estar com més quiet millor. S'ho havia de prendre amb calma.

Una veu amb to metàl·lic li va anunciar que començava una sèrie de tres minuts. Va tancar els ulls. En algun lloc, no recordava on, havia llegit que si abans de l'anestèsia penses en coses agradables i boniques et despertes millor. No era el cas, evidentment, però ho va fer servir com una mena de superstició, d'aquells petits costums que es construïa —manies, com deia la Pili—, que li donaven una mica de seguretat i el reconfortaven.

El soroll intens de la maquinària de la ressonància, esmorteïda pels cascs que li tapaven les orelles, va transportar els seus pensaments fins a trobar l'Abril recollint quatre branques de timó florit, amb l'ajuda de la Pili, prop del santuari de la Mare de Déu de Pedra, allí on havien passat tants moments bonics i agradables. Sota seu, imponent, es desplegava la vall d'Àger i, a sobre, entre voltors i algun trencalòs, una macedònia de colors d'una dotzena de parapents que donaven tombs lentament.

De mica en mica, però, les imatges s'allunyaven, com si volguessin fugir, i ell estirava un braç imaginari per mantenir-les dins del cap, les intentava atrapar, retenir, però, inexorablement, se li escapolien i el seu lloc l'ocupaven les pors.

Quan la metgessa va aventurar-li un diagnòstic, va fer el que li havien dit mil cops que no fes: posar-ho al cercador d'Internet. En desplegar els resultats, li va venir un lleuger mareig. Allí, sol, en aquell petit despatx que tenien a casa, amb la seva companya i la seva filla rient al menjador, se li va obrir una esquerda d'angoixa al pit. Va quedar hipnotitzat uns segons davant de la pantalla fins que, lentament, es va anar refent. Va aconseguir sortir de l'habitació com si res no hagués passat.

I ara allí dins, el líquid que, de mica en mica, se li escolava per les venes li transportava els acords elèctrics de la guitarra de Lou Reed i la seva veu trencada cantant una estrofa de "Sword of Damocles": "per curar-te t'han de matar, l'espasa de Dàmocles damunt del cap", recitava, aspre, el de Nova York mentre al Farré se li humitejaven els ulls.

"Una sèrie de quatre minuts". La veu robòtica el va treure, momentàniament, de les seves cabòries —"és l'última", va sentir que li deien des de dins de la cabina on hi havia els tècnics. Instants després sortia del cilindre on havia estat atrapat mitja hora ben bona, s'incorporava lentament i li treien l'agulla del braç. Amb el polze es va prémer la tireta que li van posar al forat produït per la cànula d'acer i va tornar al canviador on havia deixat la roba. Es va vestir lentament i va llençar la bata de paper en un cossi de plàstic.

Va obrir el pestell per sortir d'aquell reducte minúscul.

—Els resultats, la setmana que ve —va dir-li una de les infermeres que ja atenia el pacient següent.

Va intentar escodrinyar-li la cara per veure si podia caçar algun indici, alguna expressió que indiqués la gravetat, o no, del que tenia. Ella va somriure; segur que no era el primer cop.

—No et podem dir res, no ho sabem; la teva metgessa t'ho dirà.

A la sala d'espera, en aquell soterrani de l'Hospital Universitari Arnau de Vilanova, asseguda en una cadira de plàstic llegint *Los aires difíciles* de l'Almudena Grandes, amb les celles arrufades en senyal de preocupació, l'esperava la seva amiga Sònia. Es va aixecar i va anar cap a ell mirant-se'l amb afecte.

—Com estàs?

—Bé, bé, la setmana que ve em diuen els resultats.

—I no li ho vols dir a la Pili?

—No, encara no, fins que no tingui el diagnòstic no la vull preocupar.

—Anirà bé, ja ho veuràs.

—Segur.

I pas a pas van abandonar l'antiga Residència General Moscardó.

Capítol 15
“Déjalo crecer”

Els records de vegades poden ser tan dolorosos com la mateixa realitat.

Montse Sanjuan, *Anna Grimm, memòria mortal*

Cada diumenge, els Farré es trobaven a casa del fill per dinar. El Manel passava a buscar a la residència d'avis on s'apagaven dia a dia els seus pares per a viure, durant unes hores, una mena de reagrupament familiar.

L'Antonio Farré i la Carmeta Siscart havien fet un camí invers l'un de l'altre. Mentre la consciència abandonava de mica en mica el cap de la seva mare, físicament aguantava com el primer dia que va creuar el llindar de la porta d'aquell centre. El seu pare, en canvi, s'havia anat arrugant com una pansa fins a acabar prostrat en una cadira de rodes i el seu cos s'havia convertit en una mena de presó per a un cervell clar que recordava cada data i cada moment de la seva vida. Uns esdeveniments que es preocupava de fer reviure el darrer dia de la setmana tot menjant.

En aquell setè pis de l'avinguda del Doctor Fleming, des d'on podien veure el gol nord del Camp d'Esports des del balcó, els diumenges es parava la taula amb les estovalles i els tovallons de mudar i els plats, coberts i copes de les dates assenyalades.

L'Alzheimer de la Carmeta fugia momentàniament, vençut per un somriure, quan, tot just entrar, la filla de vuit anys del Manel i la Pili, l'Abril, li saltava al coll i li feia petons a les galtes. Una petita guspira d'enteniment s'encenia en la profunditat d'aquells pous foscos en forma d'iris. Després, la neta anava cap al seu avi que, quan ningú mirava, secretament, donava cinc euros a l'hereva dels Farré-Hernández. Era la seva manera de dir-li que l'estimava amb bogeria, no en coneixia d'altra, ningú li havia ensenyat cap altra eina, estava fet d'un motlle de poques abraçades i escassos petons.

Aquell cap de setmana tocava paella feta per les mans del xef Manel, un art, el de la cuina de l'arròs, en el qual havia excel·lit a base d'anys i de fer, d'aquells moments davant dels fogons, un parèntesi plaent que el relaxava.

El dinar sempre seguia el mateix patró. Com a entrant, la petita Abril espurnejava paraules i frases mentre se servien els plats; en el primer i el segon plat, pare i fill anaven introduint elements de conversa adulta davant del silenci permanent de la Carmeta i les aportacions de la Pili, que sovint feia de mitjancera entre ambdós. I, finalment, les postres acabaven, ineludiblement, amb temes de política local o nacional acompanyats d'alguna batalleta de l'Antoni, sovint ja explicada diverses vegades amb anterioritat, mentre el Manel s'evadia sense fer-ne gaire cas, jugant amb molles de pa damunt de la taula.

—Pare —insistia—, ja ho sabem, el governador civil us va prohibir l'acte —feia el fill amb posat sorrut.

—Sí, i saps què vam fer? —deia el pare amb veu apagada.

—El vau fer igual, i us van tancar un dia al calabós. Ja m'ho sé, pare.

—És que els homes d'avui dia no són com els d'abans. Nosaltres teníem ideals i principis, crèiem en les coses, ens hi jugàvem la pell; mira ara...

—Que sí, pare, que sí... —deia el Manel mirant a la taula.

Després del cafè, mentre els pares feien una becaina abans de tornar al geriàtric i l'Abril mirava la tele o el TikTok al mòbil, el Manel i la Pili recollien la taula, posaven els plats, gots i coberts al rentaplats i fregaven olles i paelles.

—No siguis tan dur amb el teu pare, Manel... li fa il·lusió explicar-ho. Deixa'l, és gran, després et sabrà greu —deia la Pili amb afecte.

—Ja ho sé, dona, ho faig sense voler. Després em sap greu.

—T'estima molt i li queden pocs anys, potser mesos. Fes un esforç.

—Sí, sí, però no és tan fàcil. Cada cap de setmana les mateixes batalletes del perfecte heroi antifranquista...

La Pili va deixar la tassa que estava posant al rentaplats i va abraçar tendrament el seu company mentre a ell se li humitejaven els ulls.

Capítol 16
"Corazones solitarios"

Quin fàstic feu els "tios". Sempre igual!
Alexandra Cuadrat, *Basquiat. Assassins de Ponent*

Eren les 10 de la nit. La nena feia més de mitja hora que era al llit i la Carla López s'estirava al sofà preparada per encendre la tele i veure una sèrie de Netflix, d'aquelles que només podia mirar quan el seu home era fora. Aquell dia, aprofitant que ell tenia un sopar amb els seus amics de tota la vida, podria gaudir d'aquella distopia sobre el futur tecnològic en capítols agrupats en quatre temporades.

Es va fer una infusió al microones amb la seva tassa preferida, una que es va comprar, de ben jove, quan amb unes amigues van fer una escapada de cinc dies a París, i es va estirar al sofà tapant-se amb una manteta rosa farcida d'unicorns que encara feia olor de la seva filla.

Va agafar el comandament i quan era a punt de prémer l'encesa, el seu mòbil va vibrar. "A partir de les 10 hauria d'apagar el telèfon", va pensar en una d'aquelles promeses que ens fem l'1 de gener i incomplim el 2. La icona del Telegram estava activada; va accedir al missatge.

—Carla, repensem-ho, et trobo molt a faltar. T'estimo.

Va inspirar profundament i va mirar al sostre, es va prendre uns segons per a contestar, va marcar les lletres i va clicar l'*enter.*

—Biel, ja ho hem parlat molts cops, s'ha acabat, i crec que és millor que en guardem un bon record que no pas que ara ens fem mal.

—Crec que ens equivoquem —va respondre segons més tard el seu interlocutor—. Tenim una cosa molt bonica tots dos, no ho podem deixar perdre, ens estimem i ho saps.

Es va mirar el missatge. "No hi ha res a fer", va pensar, i va deixar el mòbil sobre el sofà sense contestar. Minuts després tornava a brunzir.

—No puc viure sense tu, provem-ho un darrer cop. —El missatge anava acompanyat d'icones de cors vermells i d'una cara a la qual queia una llàgrima.

—Biel, ja n'hi ha prou. Bona nit.

Era l'enèsima vegada en els darrers tres dies que tenien aquella conversa. Des que ella va dir al seu amant que havia decidit deixar la relació secreta que tenien, el Biel l'havia interpel·lat per terra, mar i aire per a evitar-ho. Setanta-dues hores després, el que passava ja s'acostava més a un assetjament que a un acte d'amor desesperat.

Un nou brunzit va tornar a il·luminar el telèfon. El va mirar. Tornava a ser ell. No es va molestar a veure què deia i, complint un dels propòsits de principis d'any, va tancar l'aparell. Estava de mala llet, ja no tenia ganes de veure la televisió ni de res i la infusió se li havia refredat. Es va alçar i la va tornar a escalfar al microones.

Vint minuts després, el sofà ja havia recuperat la seva forma, i a la televisió, un gos robot perseguia sense defallir una pobra noia que fugia després d'haver robat en un supermercat per poder menjar. Es va apujar una mica més la manta que la tapava; la infusió relaxant començava a fer el seu efecte.

I va sonar l'intèrfon.

Va fer un bot de l'ensurt —"Qui coi truca a aquestes hores?" Va esperar un segon; la nena no s'havia despertat. "Encara sort", va pensar, i va anar cap a l'aparell que tenia al costat de la porta d'entrada del pis. Va mirar la pantalleta de vídeo: a baix, amb una jaqueta negra, el Biel mirava fixament la càmera.

Va despenjar enfurismada:

—No ha quedat clar o què? Què vens a fer a casa meva? No són hores! —va dir, irada.

—Carla, t'ho prego, deixa'm pujar. Si en parlem ho arreglarem, segur.

—Bona nit, Biel! —la Carla López va penjar l'aparell que dos segons després tornava a sonar.

—Que vols despertar la nena o què? T'he dit que te'n vagis!

—Només un segon, t'ho prometo —i de dins de la jaqueta va treure una flor que va mostrar a la càmera—. Un moment i prou.

Va rebufar. Era evident que un cop s'havia presentat a casa seva a tres quarts de quinze no marxaria. Tenia dues alternatives: o trucar als Mossos d'Esquadra amb el merder que això podia suposar, o deixar-lo pujar i matar el tema.

A contracor, va prémer el botó que obria la porta d'entrada.

Capítol 17
"Cambiando de color"

Que sàpiga que si no m'agraden les seues preguntes, trucaré al meu advocat.

Montse Sanjuan, *Anna Grimm, memòria mortal*

La primera trucada era la fàcil, la del *comodín del público*. Va despenjar el telèfon i va marcar un número llarg. A l'altra banda, uns instants després, el mosso Jordi Solsona responia.

—Bon dia, Jordi —va dir ella amb un somriure que el seu interlocutor podia percebre perfectament des de l'altre costat.

—Ai, quina por, Sònia. Aquesta trucada no amaga res de bo.

—Que desconfiat que ets! Només et volia preguntar com et va amb aquells estudis per anar amb vaixell que t'estàs traient, el *titulín* o alguna cosa així.

—No existeix ja, ara es el...

I abans que el policia pogués contestar, la Sònia el va interrompre:

—I també vull parlar amb tu una mica per l'assumpte de la Carla López.

—Aaaaraaa —va dir ell allargant les vocals—. La causa d'aquesta trucada així perquè sí... —va respondre amb un deix d'ironia a la veu.

—Va, home, una mica d'ajuda a la teva amiga periodista explotada pel sistema, t'has d'imaginar que t'ho demano amb *gif* de gatets panxa amunt movent les potetes i arcs de Sant Martí de fons. Prometo no abusar més de la teva confiança.

—Sí, és clar, fins a la propera, que fa massa anys que ens coneixem, amiga —va respondre el mosso, per atacar al cap d'uns segons—. T'ajudo amb una condició. Anem a fer una cerveseta dissabte i ens expliquem el que tenim cadascun, va bé?

—Em sembla un tracte just! —va dir ella—. I li ho diem també al Manel, sí?

—És clar!

Deu minuts després la Sònia ja tenia dos o tres telèfons de contacte, una exposició més o menys detallada de les circumstàncies de la mort i alguns detalls, no sensibles, de la investigació en curs. Després de tenir-ho tot recollit i convenientment ordenat al llarg de la taula, va armar-se de valor, va agafar el mòbil i va marcar a poc a poc els números que l'havien de comunicar amb la parella de la víctima.

Va empassar saliva abans que una veu trencada li respongués a l'altre costat de l'aparell. Estava de sort, aquella persona devastada pel que havia passat volia parlar, més aviat ho necessitava com una mena de teràpia per fugir del dolor que el travessava de cap a peus. Van quedar aquella mateixa tarda en una terrassa d'un bar de la plaça Josep Pinyol.

La periodista va arribar deu minuts tard. El vidu ja hi era amb mig vas de refresc buit i la mirada clavada a la taula.

—Hola —va saludar-la abans que ella s'assegués, demanés una canya i encetés la conversa preguntant pel seu estat anímic i el de la seva filla.

—Destrossats, estem destrossats, no entenem res —deia el marit de la Carla López mentre sanglotava lleugerament—. Ho teníem tot, una nena magnífica que ella s'estimava amb bogeria, una casa preciosa, una feina que l'apassionava... No ho sé, de veritat que no ho entenc —es va tapar els ulls amb les mans.

—Ho sento molt, de debò, si vols ho deixem aquí, no voldria semblar que vull furgar en la ferida, de veritat.

—No et preocupis, em sap greu, és difícil... —va dir ell—, però parlar-ne em fa bé, mirar d'entendre-ho... Fa just un mes ella era aquí a la vora, ajudant al gimnàs social La Cristalería, allí on fan boxa, ajudant... de debò que no entenc res.

"Doncs, sí, costa d'entendre" —va pensar la Sònia—. Tot el que li explicava el seu marit feia una definició de llibre de la parella perfecta amb nens, en aquest cas, una nena: una vida ordenada, arreglada i aparentment amb una còmoda felicitat. Va optar per esquivar els temes més sensibles.

—I què hi feia al Parlament?

—Era la presidenta de la Comissió d'Agricultura, Ramaderia, Pesca, Alimentació i Món Rural i ara estava impulsant aquesta nova llei que estan fent d'aprofitaments forestals. Li agradava molt.

—I es portava bé amb tothom? Vull dir que no hi havia res que li desagradés?

—Sempre parlava molt bé de la gent amb qui treballava, la Mònica Calveras i la resta del seu equip tècnic. Amb els altres grups polítics, doncs, allò típic, però res d'especial. Diferent amb les associacions empresarials, sectorials; algunes sí que havien estat dures, especialment les de la muntanya. N'hi havia tres o quatre que eren uns malcarats, deia, però res excepcional; no era la primera vegada que rebia pressions i algun crit.

La periodista va apuntar a la seva llibreteta de tapes vermelles i papers en blanc: "Empresaris de la fusta, Pirineu."

Capítol 18

"Años de vida"

El militant revolucionari ha de donar exemple a tot arreu.
Ramon Usall, *Tots els camins porten a Romania*

El dia del pregó de la festa major, el Manel va anar a buscar l'Antoni Farré ben aviat. Va arribar a la residència quan faltaven encara tres hores perquè s'iniciés l'acte. Va escorcollar dins de l'armari i va escollir la roba que feia més goig de tot el repertori: uns pantalons blau marí de conjunt amb una americana del mateix color, una corbata bordeus i una camisa d'un color blau cel que li havien regalat en un aniversari feia un parell d'anys i que encara no havia estrenat.

El va vestir curosament, li va aplanar totes les arrugues de la camisa que haguessin pogut quedar després de posar-l'hi, va agafar-li l'ampolla de Brummel, l'olor que havia acompanyat el Manel durant tota la infància, i li va posar colònia als cabells mentre li passava la pinta davant del mirall del lavabo. El seu pare no deia res, però la satisfacció era evident.

Després va fer el mateix amb la seva mare, que no li ho va posar tan fàcil.

—On dius que anem, nen? Jo no me'n vull anar d'aquí —li deia.

—Tranquil·la, mare, serà un acte bonic, no et preocupis.

Al Manel l'havia acompanyat la seva dona, la Pili, i la seva filla. Tots tres s'havien posat les millors gales. A l'Abril li havien agafat cabell amb unes flors que combinava amb un vestit llarg d'un blanc cru que l'afavoria i li potenciava el somriure permanent.

La Pili va prendre la seva sogra pel braç mentre ell espentejava la cadira de rodes del seu pare fins al cotxe que els esperava fora.

—Com es diu aquesta nena tan guapa? —deia l'àvia tocant les flors del cap de la seva neta.

—Abril, Carmeta, es diu Abril —li va dir la Pili afectuosament.

—Abril, sí —murmurava—. És filla vostra, no?

—És la teva neta.

L'àvia se la mirava amb una barreja d'incredulitat i tendresa i li acariciava els cabells amb els dits prims i nuosos.

Van aparcar davant de l'Ajuntament, en una zona destinada a autoritats. La conductora va encendre els quatre intermitents mentre de dins de la Paeria sortia un guàrdia urbà.

—No poden aparcar aquí —va dir des de la porta.

—Baixo el meu pare i la meva mare, que van a l'acte del pregó. Només és un segon —va dir el Manel des del seient del copilot amb la finestreta abaixada.

El policia va aixecar el polze en senyal d'acord. Cinc minuts després ja eren tots fora del cotxe i en deu ja eren dins del palau de la Paeria. Van esperar a baix de l'edifici de l'Ajuntament que la Pili vingués d'aparcar el vehicle al pàrquing subterrani de la plaça Sant Joan i van pujar tots plegats per l'ascensor fins al saló de plens.

Faltava encara un quart per començar, però l'espai ja era força ple. La minusvalidesa del seu pare va fer que poguessin seure a primera fila, amb la cadira de rodes davant dels bancs.

—I que bonic que és tot això! —deia l'àvia—. Que bonic!

A l'hora en punt van entrar els regidors i regidores, un darrere l'altre, cadascun amb el seu *outfit* que permetia endevinar a quina ala de l'espectre polític se situaven. El darrer era el paer en cap. Sec com una ascla, amb una americana i una camisa negra que feien joc amb la muntura de les seves ulleres, anava acompanyat del pregoner d'aquell any, un reconegut artista de la ciutat. Quan l'alcalde va veure l'Antonio Farré s'hi va atansar i li va agafar la mà.

—Benvingut, Antonio, ens fa molta il·lusió que ens acompanyi avui.

—Gràcies, gràcies —va encertar a pronunciar ell visiblement nerviós.

El paer en cap va ocupar el seu seient al saló de plens i va donar inici a l'acte:

—Ciutadans i ciutadanes, avui tenim amb nosaltres una persona vital i enèrgica, compromesa amb el sector cultural de la nostra ciutat i de tot el país sencer. Ens fa molta il·lusió que avui Robert Pelegrí faci el pregó de la nostra, de la seva ciutat.

El pregoner seia en una tauleta de fusta a l'esquerra del paer en cap, en l'espai que es deixava entre la fila de seients dels qui presidien el ple perpendiculars amb els seients dels altres regidors. El cos de Pelegrí desbordava la cadira. Vestit amb una samarreta de pallassos solidaris i una americana negra oberta, va recolzar les mans damunt de la taula i va començar el seu relat amb un agraïment: "Em fa moltíssima il·lusió que la ciutat que més t'estimes, i que t'ha vist néixer i créixer, et faci l'honor d'encarregar-te el pregó."

En els gairebé trenta minuts de parlament, Pelegrí va defensar, de manera constant, la cultura com a bé essencial per a la salut mental de la nostra societat. Va cloure la seva actuació entre els aplaudiments de la major part dels assistents.

—Moltes gràcies, Robert —va dir el paer en cap un cop va reconquerir l'ús de la paraula—. Ara procedirem al lliurament de les medalles de la ciutat. Es va aixecar:— Senyora secretària, si us plau, llegeixi els atorgaments.

La secretària, situada en un faristol de fusta a la dreta dels seients de la Presidència del ple, va beure un glop d'aigua.

—Vull anar cap a casa —va dir la Carmeta al seu fill agafant-lo pel braç—. Qui són tota aquesta gent?

—Mare, tranquil·la, que ara ens n'anem.

Li va agafar suaument la mà mentre ella mirava a banda i banda sense entendre res. La secretària va iniciar la lectura:

—L'Ajuntament de Lleida ha decidit concedir la medalla a la solidaritat, a petició de més de vint entitats de la ciutat, a Antonio Farré, per la seva dignitat, fermesa i coherència en la lluita per la democràcia i contra el règim franquista, uns ideals que el van portar a judici i presó.

La sala va esclafir en aplaudiments i ell va aixecar la mà tremolosa com si volgués indicar que no n'hi havia per a tant. El Manel va empènyer la cadira de rodes cap a l'alcalde, que s'acostava ja cap al premiat; es van trobar a mig camí del saló de plens.

—Per la democràcia, el socialisme i la independència —va dir Farré a l'alcalde, que se li va acostar per poder sentir millor aquella veu tènue.

—Bé, sí, però hem pensat que era millor només democràcia, era més de consens entre tots els grups polítics —va dir ell, sense perdre el seu somriure d'anunci.

Un cop acabat l'acte i repartides la resta de les distincions es van formar petites rotllanes en diferents espais del saló de plens. Diverses de les persones presents, des de joves fins als escassos companys de lluita que encara restaven vius, es van acostar a felicitar l'Antonio Farré. El Manel i la Pili se'l miraven amb un somriure als llavis mentre l'Abril jugava amb uns llapis de colors.

—Qui són tota aquesta gent? —deia la Carmeta amb cara d'espantada—. Marxem, porteu-me a casa!

—Són amics del pare que el venen a saludar. Mira, aquell vellet d'allí és l'advocat Àlex de Sárraga. Et recordes d'ell, mare? Eren carn i ungla, el va anar a treure més d'un cop de la comissaria.

—Comissaria? Qui dius que han detingut?

Una hora després, la Carmeta i l'Antonio tornaven a la residència i tres hores més tard ja eren al llit. Sobre la tauleta d'ell, una placa de plata: la medalla a la solidaritat que li havia atorgat la seva ciutat, Lleida.

Capítol 19
"Recuérdame"

Es un divisionario, de la División Azul, no os creáis, y más anticomunista que Dios. Pero un demócrata. Un demócrata de corazón.

Manuel Vázquez Montalbán,
Asesinato en el Comitè Central

Va aparcar el cotxe al carrer de les Corts Catalanes de la capital del Segrià, prop del mercat de Balàfia, va agafar el llibre i la jaqueta que portava al seient de darrere i se'n va anar cap a la biblioteca anarquista Maria Rius, a pocs metres d'allí. L'havien convidat perquè presentés el seu darrer text, que tot just feia unes setmanes que acabava de sortir d'impremta. Les dues-centes trenta pàgines d'*El Caliu Ilerdenc, el poder subterrani a Lleida* disseccionaven de manera detallada aquesta societat fundada el 1941 que influí decisivament en la vida política lleidatana durant el règim del general Franco.

El treball feia una relació exhaustiva dels noms que van formar aquesta associació estrictament masculina i en la qual van participar gairebé tots els alcaldes de la ciutat durant el franquisme. Una entitat que tenia l'objectiu, entre d'altres, d'influir en els afers públics de la capital del Segrià, en el nomenament de càrrecs públics i que comptava, com un dels seus portaveus, amb la revista *Ciudad*.

Però el llibre del Manel Farré anava més enllà del període de la dictadura i feia una relació i un seguiment de les nissagues que van compondre el Caliu des d'aquell 1941 fins ara, moltes de les quals encara avui ocupaven ressorts de poder a la ciutat. El fet d'assenyalar noms i cognoms d'algun prohom actual l'havia convertit en un llibre incòmode i n'havia limitat la difusió.

Quan era a una trentena de metres de la biblioteca, els va veure; l'estaven esperant a fora. Un d'espigat i morè i l'altre llarg amb ulleres i el cabell castany. L'Adri i l'Oriol eren inconfusibles fins i tot des de la llarga distància. Li van fer un somriure de benvinguda.

—Que *xulo* aquest *garito* que us heu agençat, no? —va deixar anar el Manel—. Que lluny que queda la casa aquella ocupada que teníeu a la sortida de Lleida, la Xispa es deia, eh? Trobo que us heu aburgesat una mica —va afegir amb la intenció, sana, de provocar.

—Que cabró! —va dir l'Oriol—. No t'equivoquis, estem creant estructures de poder popular —i li va donar un copet a l'espatlla.

—Vaja, que us heu fet grans i ara heu muntat una cosa més descansadeta —va continuar l'historiador.

—La biblio surt d'un procés intern de debat, de voluntat d'incidència i d'enxarxament al barri —va dir l'Adri.

—T'has deixat "empoderament" —va riure el Manel—. Si no utilitzes el comodí de la paraula, tota la frase perd el poder transformador.

—Va, anem a dins, que ja hi ha gent que s'espera —va dir l'Oriol amb un somriure.

I la veritat és que la Maria Rius era un espai molt bonic, els seus dos-cents metres quadrats tenien forma rectangular amb les dues bandes plenes d'estanteries que aplegaven desenes de textos sobre el món llibertari. Abans de començar la xerrada ja eren una trentena les persones que dins del local xafardejaven llibres, parlaven entre elles o, ja assegudes, es preparaven per a l'inici de l'acte.

A poc a poc se li va acostar una dona gran, que depassava de llarg la seixantena, i se'l va quedar mirant.

—Ets el fill de l'Antonio, no? De l'Antonio Farré —va preguntar.

—Sí —va respondre lacònicament.

El somriure va il·luminar la cara d'aquella senyora.

—Quin bon home, el teu pare. Un lluitador, sí senyor! A veure si algun dia li fan un reconeixement com Déu mana. S'hi va jugar la pell mentre d'altres que ara diuen que corrien davant dels grisos s'estaven al sofà de casa —va dir visiblement emocionada.

—Moltes gràcies. Ara fa poc, per la festa major, li van donar la medalla de la ciutat.

—Res, res, la medalla de la ciutat... Molt més es mereix, has d'estar-ne orgullós! Com et dius, xiquet?

—Manel, Manel Farré.

Es van donar la mà i l'historiador se'n va anar cap a la taula per a començar l'acte. No és que li desagradés que el reconeguessin com el fill de l'Antonio, però l'ombra del seu pare era allargada i a vegades feixuga. La trajectòria irreprotxable de lluitador contra el franquisme, dels de primera hora, feien que cada lletra del cognom Farré fos de plom i a cops ser "el fill de" eclipsés la seva trajectòria personal.

I això no restava ni un mil·límetre de l'amor que li professava ni de l'orgull que tenia envers el seu compromís. Es tractava d'una cosa més senzilla i simple: volia ser ell mateix, de nom Manel Farré, i de cognom, el fill de l'Antoni i la Carmeta.

Va asseure's a taula al costat de l'Oriol, que va exposar, breument, qui era l'invitat i va fer una ràpida síntesi del llibre. Després li va tocar a ell.

—En primer lloc, agrair-vos que m'hagueu convidat —va començar el Manel—. És prou escaient presentar un llibre que parla de franquisme en un espai que porta el nom de Maria Rius, una anarquista d'aquí a la vora, d'Arbeca, que el va combatre directament al mateix front d'Aragó.

Va agafar la gerra de l'aigua que hi havia damunt de la taula, se'n va servir un got, va fer una petita glopada i va continuar.

—I és escaient perquè aquest llibre també vol ser un petit gra de sorra en aquesta lluita, de manera molt més discreta, però —va dir amb un somriure—, contra aquell règim totalitari. El que he escrit vol ser una denúncia d'aquelles estructures de poder que van créixer i alimentar el règim de Franco i que s'han mantingut fins avui en dia, d'aquella transició que va ser transacció.

La xerrada es va allargar durant gairebé quaranta minuts i hi va haver temps perquè sortissin noms i cognoms i s'expliqués el funcionament intern del Caliu Ilerdenc, un moviment basat en l'extrema discreció i el secretisme i en el foment del *leridanismo*, que volia espanyolitzar Lleida tot apropant-la a l'Aragó per qüestionar-ne la catalanitat. Finalment, va arribar el torn de les preguntes. Una noia del fons de la sala va alçar la mà:

—I què en queda d'allò? Vull dir: els fills o els parents d'aquells que hi eren encara manen?

Manel Farré va fer un mig somriure i va respondre lentament:

—Més del que voldríem.

Capítol 20
“De qué sirve esperar”

Poc o molt, tots els assassins s'arrisquen
Pep Coll, *L'abominable crim de l'Alsina Graells*

Van trucar a la porta del seu despatx i sense esperar resposta van entrar. Eren tres, dos armaris amb cara d'eslaus, amb cabell curt i unes samarretes ben ajustades, i un tercer menys corpulent, d'uns seixanta i pocs anys, amb entrades i uns cabells que havien estat rossos, però que ara eren ben blancs.

—Hòstia, quin ensurt que m'heu fotut! —va dir l'ocupant d'aquell espai tot fent un petit salt de la cadira—. No us esperava.

El més vell, que vestia una americana vermella combinada amb una camisa de seda grisa, un rellotge daurat i gros al canell dret i diversos anells d'or, es va asseure a la cadira davant del seu interlocutor. Darrere seu, dempeus, es van situar les dues moles amb els braços creuats davant del pit i amb cara de pocs amics.

L'ancià es va fregar les mans i va picar, suaument, amb un dels anells damunt de la taula de fusta massissa.

—I què, amic, com tenim això nostre? —va preguntar mentre el mirava fixament sense pestanyejar.

—Bé, ho estem treballant —va dir l'altre balbucejant.

—Fa dues setmanes que em vas dir el mateix i ja començo a tenir-ne els ous plens. Hi ha molts calés en joc, i si ella no vol diners haurem de passar al pla B —va dir esbossant un somriure.

—Segur que s'ho repensarà, fa pocs dies que li ho vam dir. Donem-li un marge de confiança. Tothom té un preu; tard o d'hora, com van fer els altres, trucarà.

—Trucarà, trucarà! —va picar amb el palmell fort damunt de la taula—. I una merda trucarà! Ja fa quinze dies i encara no ha dit res.

Es va aixecar. Darrere seu, els dos escortes seguien l'escena impassibles. Es va passejar pel despatx xafardejant els armaris amb les mans a l'esquena, es va aturar i va agafar un marc amb una foto. Se la va mirar i després se'l va mirar a ell com si comparés.

—Trobo que no us assembleu gaire ta filla i tu, segur que és teva? —va riure.

—A ma filla no la posis pel mig, ja vam dir que en quedava fora —encara que maldés per dissimular-ho, l'olor que desprenia la seva por inundava tota l'estança.

El vell va netejar la foto amb la màniga, la va posar a lloc i, tot seguit, va agafar una placa de plata que hi havia al seu costat:

—L'Associació de Propietaris de Terrenys Forestals de la Província de Lleida al seu president pels vint anys de mandat —va tirar-hi baf i va netejar-la amb un mocador que es va treure de la butxaca—. Mira que en fa d'anys que fem negocis, com a mínim vint.

Va continuar el seu pas lent i es va tornar a asseure davant del president de l'associació. Va posar les mans com si pregués i hi va recolzar el cap amb els ulls tancats, va inspirar i a poc a poc va alçar els ulls fins a trobar els de l'altre.

—Amic, fa molts anys que treballem junts i hem guanyat molts diners. A tots dos ens ha anat molt bé, no?

—Sí, sí —va respondre l'altre.

—Els acords que tenim són correctes o en tens alguna queixa? No voldria pensar que tot això és una maniobra per obtenir més percentatge dels diners que blanquegem.

—En absolut, més que suficient, en tinc més que suficient.

—No convé que aquella diputada se surti amb la seva, m'entens? Si se'ns tanca aquesta font de calés, n'haurem de buscar una altra on tu ja no ens serviràs. No podràs tenir aquell cotxe tan lluent que tens aquí fora. Un Maserati, no?

—Sí, un Maserati.

—I dels bons, eh, lladre? No t'hi poses per res.

—Ja hem parlat entre nosaltres —va avançar-se el president—. Farem més pressió, no ens deixarem prendre els terrenys que són nostres.

—I que ens ajuden a regularitzar els nostres ingressos, ja saps que la qüestió no és guanyar diners, el problema és com en podem disposar. La gestió de la teva fusta ens ha ajudat i ho ha de continuar fent, ara ja ens coneixem. T'hem agafat estimació i ens faria mandra canviar. Ho entens, no?

—Tenim un o dos contactes al partit que ens poden ajudar.

—I fins aquí! —va dir el de l'americana vermella—. Tens una setmana més, és el límit de la nostra paciència. Si no, ho arreglarem nosaltres.

Es va aixecar i va marxar sense donar-li la mà, seguit dels dos armaris. El president de l'Associació de Propietaris de Terrenys Forestals es va girar i va obrir un calaix de la taula on amagava una botella de whisky de les cares que utilitzava per a les grans ocasions. Avui faria una altra funció. Va servir-se un got mig ple amb les mans tremoloses i se'l va beure sense gairebé respirar. Dos minuts després, més tranquil, va despenjar el telèfon:

—Cristina, torna a trucar a la diputada i me la passes, si us plau.

Va penjar l'aparell i va estirar les cames mentre reclinava el cap enrere, va tancar els ulls i es va posar en mode avió. No havien passat cinc minuts que l'aparell sonava.

—Digues —va apressar-la.

—M'ha tornat a dir el que diu sempre, que si vol alguna cosa truqui al seu secretari, que ja li va dir tot el que s'havien de dir... —la secretària va esperar la resposta.

—Bé, gràcies, deixem-ho així —i va penjar el telèfon.

Ara sí que la cosa pintava malament, molt malament.

Capítol 21
"Extravagante"

Les històries d'amor clandestines fan de molt mal portar.
Llorenç Capdevila Roure, *Assassins de ponent. "Xof"*

La trobada va tenir lloc dilluns a primera hora del matí a la sala de reunions de la comissaria dels Mossos de Lleida. Asseguts en una taula llarga es van situar, en una banda, els de la científica; davant seu, els investigadors; en una punta, els de la brigada d'informació, i, en l'extrem oposat, presidint la reunió, el sergent Majó, que va escurar-se la gola i va iniciar el parlament.

—Ja veieu que avui tenim una configuració una mica diferent. A banda de les unitats de l'àrea i atesa la naturalesa de la suïcida, hem avisat, com un fet excepcional, la gent d'informació de la central —els va assenyalar—. Són el Joan i la Laia, que porten temes més, podríem dir-ne, polítics.

El sergent va obrir una carpeta que tenia davant seu i en va treure una sèrie de papers sobre la mort de la diputada Carla López que va desplegar en forma de ventall.

—El cas sembla clar: tot apunta a un suïcidi, ja ho sabeu; cap senyal de violència a la casa, cap motiu aparent.

—I alguna cosa que no encaixa? —va apuntar el Jordi Solsona.

—A veure, no és això exactament. Si no tingués la repercussió que té, el cas ja estaria més que tancat, però els polítics ens han dit que ens ho mirem amb una mica més de cura. A banda, la pericial grafoescòpica que vam demanar indica, segons diuen els experts, que es trobava en un estat emocional alterat. Ja sabeu que no és una ciència exacta, però podria voler dir alguna cosa.

—O res —va apuntar una mossa d'investigació.

—O res, cert. Ara mateix ens trobem en una cruïlla: els de dalt volen que continuem investigant una mica més i el jutge d'instrucció té unes ganes boges de tancar el cas —va dir el sergent Majó mentre plegava els papers i repassava tothom amb la mirada—. Idees de per on tirar?

—L'amant? —va apuntar un de la científica.

—El tenim, ara, a la propera hora. Ha de venir a declarar —va dir un d'investigació—, però no crec que en traguem res.

El sergent va girar-se cap als mossos de la brigada d'informació:

—I valtros? Cap idea?

La Laia, que portava els cabells castanys agafats amb una cua de cavall ben tensa, es va mirar el seu company i després el sergent, va plegar la llibreteta blava en la qual havia pres apunts i va desar el bolígraf a la seva dreta.

—Hem fet una mica de prospecció. Pel càrrec que ocupava no semblava que tingués temes especialment complicats o polèmics: agricultura, ramaderia... allò de sempre, pagesos enfadats, però poca cosa més.

—Ara estava treballant en aquesta nova llei de regulació dels boscos —va afegir el seu company—. L'Associació de Propietaris de Terrenys Forestals de la Província de Lleida s'hi havia mostrat bel·ligerant i ens consta que hi havia algun cacic del Pirineu força emprenyat, però res greu: gos que lladra no mossega.

El sergent Majó es va passar la mà pel front:

—Res, doncs. Res que pugui semblar un indici raonable per pelar algú.

—Vaja —va remugar Majó—, alguna cosa hem de donar als polítics a banda d'una declaració d'un amant ferit. Aneu a veure l'associació aquesta abans que el jutge em truqui per tancar el cas.

L'un darrere l'altre, els policies van anar desfilant per la porta de sortida. Solsona va sortir en darrer lloc revisant el mòbil; la icona del WhatsApp estava activada. El va obrir, era del grup "El trio de la benzina", a qui la Sònia proposava fer un beure dijous al Grans Records, "i ens expliquem coses" amb una emoticona d'una cara llençant un cor.

Va somriure. Sabia perfectament el que volia. El cas de la Carla encara tenia seguiment periodístic, ara ja més centrat en la seva vida personal i no en la política; s'hi podia jugar un pèsol que la conversa, en un moment o un altre, aniria cap aquí.

Va respondre al grup amb un dit polze amunt al qual, uns segons després, s'hi afegiria el tercer en discòrdia, el Manel. Es va guardar el mòbil a la butxaca i va anar a veure els d'investigació. Només entrar, assegut a taula, va trobar l'agent Germà picant al teclat de l'ordinador. Va fer un petit tomb per tal de posar-se a la taula de davant seu amb els braços creuats tot mirant-lo fixament.

—Què vooools? —va dir el mosso, somrient.

—Venir amb tu a l'interrogatori de l'amant —el Jordi feia cara de pena—. És un tema que m'interessa.

—Però si tu ets de la científica! Ja has fet la teva feina! Com ho justifiquem això?

—A qui ho hem de justificar? —el Solsona li va fer l'ullet—. Va, que me'n deus unes quantes.

—En fi —va dir el Germà—, ja fa deu minuts que s'espera a baix, pobre. —Va arreplegar un grapat de papers que tenia damunt de la taula i es va aixecar:— Anem, va, espavil. I, ja que vens de gorra, et tocarà picar l'atestat.

Al vestíbul de la comissaria, un home de mitjana edat amb ulleres rodones i cabell negre abundant tallat com un treballador de banca, esperava en una de les cadires de plàstic amb la mirada clavada a terra i les dues mans juntes sobre la falda.

L'agent Germà va obrir la porta i el va cridar. L'amant va anar lentament, arrossegant els peus i capcot, cap al despatx on s'havia de fer l'interrogatori. Aquell xaiet no podria matar ni una mosca —va pensar Solsona.

Van iniciar l'acte amb la lectura dels drets i la signatura per part de l'interrogat de la seva comprensió, seguit de les generals de la llei. Després de "vol declarar davant d'aquesta instrucció" i del seu assentiment, els policies van iniciar una bateria de preguntes en profunditat.

—Senyor Gili, quina relació tenia amb la diputada López? —Germà obria el foc.

Biel Gili no aixecava la mirada de terra. Va esperar uns segons i va contestar gairebé xiuxiuejant.

—Ens havíem vist diversos cops.

—Podria ser mes precís, si us plau? Quant de temps es van estar veient? —el policia mirava la pantalla de l'ordinador.

—Un any, potser una mica més.

El mosso va deixar anar un xiulet.

—No està malament un any com a accepció de "diversos cops", eh? —Les mans del declarant tremolaven lleugerament.— Com va anar?

—Al cap d'un temps, ja vam veure que allò no rutllava. Cadascú tenia la seva parella i...

—El que vol saber l'agent, senyor Gili, és qui dels dos ho va deixar. —Sense encomanar-se a ningú, Solsona havia interromput l'amant davant la sorpresa del seu company, que li va adreçar un somriure còmplice.

—Jo —la resposta va ser breu, sintètica i clara.

—Vostè? I com va ser? —el Germà va tornar a prendre les regnes de l'interrogatori.

—Ella volia anar més lluny, em va demanar que deixés la meva dona i les meves filles i jo m'hi vaig negar. Me les estimo, sap? —Es va tapar la cara amb les mans. Semblava que somicava.

—I ella, com s'ho va prendre?

—Malament.

—Senyor Gili, li ho prego, podria estendre's en les respostes?

—Em trucava i m'enviava WhatsApps a totes hores, no ho va pair be.

Els dos agents van revisar una sèrie de papers que tenien damunt de la taula, Solsona es va acostar a l'altre policia i li va xiuxiuejar alguna cosa a cau d'orella mentre amb la mà es tapava la boca perquè l'interrogat no pogués sentir res.

L'agent Germà es va girar cap a l'amant.

—Quan va ser el darrer cop que es van veure?

Biel Gili va alçar el cap i va mirar fixament els ulls de l'agent.

—Dos mesos com a mínim. Va venir a casa meva. Des de llavors, res.

Capítol 22

"Golpéalo dulcemente"

Ja t'he dit que no la venia per no res, la meva pell.
Manuel de Pedrolo, *Milions d'ampolles buides*

PLOVISQUEJAVA LLEUGERAMENT, malgrat que el cel de plom que tapava la ciutat amenaçava de desfermar-se en qualsevol moment. Un paraigua de color verd clar arribava a la comissaria dels mossos de Lleida a temps per a interceptar una agent que es dirigia a prendre un cotxe de paisà.

—Germà –el va cridar alçant la mà.

—No —va respondre l'altre amb un somriure.— Au, va, Jordi, no en vas tenir prou ahir?

—Vaaaaa, que aquest cop prometo estar callat.

—Puja.

Els dos agents van agafar un turisme de color gris. El navegador els va portar a una desena de quilòmetres fora de Lleida fins a arribar al seu destí, una nau industrial vella que havia estat de color blanc i ara era d'un groc trencat. Just damunt de la porta d'entrada a les oficines, un cartell, que tapava el nom anterior les lletres del qual s'escapaven pels costats, anunciava la raó social de l'establiment: Pirineu Forestal SA.

—És aquí —el conductor va aparcar el vehicle en un pati ple de troncs d'arbres i fustes de llargada i grandària diferents.

Quan van sortir del cotxe plovia a bots i barrals. Jordi Solsona va obrir el paraigua i, com si volgués fer-se perdonar per colar-se en aquell interrogatori, va córrer a protegir el seu company de l'aigua i l'ajudava a portar les coses. Plegats se'n van anar cap a l'entrada. A dins hi havia un vestíbul petit i una mena de taulell darrere del qual una administrativa contestava el telèfon. Va aixecar el cap i els va fer amb la mà que s'esperessin un moment. Cinc segons després penjava.

—Bon dia, què desitgen?

—Som mossos d'esquadra. Venim a parlar amb el president de l'Associació de Propietaris de Terrenys Forestals de la Província de Lleida. Ja havíem notificat la nostra visita.

—Sí, un moment, si us plau, que ara l'aviso.

Minuts després entraven al despatx on el president els esperava assegut. Damunt la taula on seia, una foto emmarcada en fusta d'un home vestit amb americana i corbata, ben repentinat enrere amb un bigotet insinuat a sobre del llavi.

—És el meu pare —va apuntar el president— i fundador d'aquesta empresa, Josep Batlle. La va aixecar del no-res, amb molts esforços; ara la gent jove ja no sap què és treballar.

Els dos agents van fer una ullada ràpida a l'espai mentre entraven lentament. A banda i banda hi havia armaris plens de llibres, plaques commemoratives i alguna foto. Jordi Solsona es va aturar un moment davant d'una lleixa. Emmarcada en plata, una foto del seu amfitrió abraçat a una noia jove que somreia.

—És ma filla, treballa a la constructora, tenim un edifici d'oficines per allí a Ricard Vinyes, és la seu de l'empresa. Fa anys vam obrir una altra línia de negoci amb la construcció i, fa lleig de dir-ho, però no ens ha anat gens malament. Al final, això de la fusta ha quedat com una petita part de la societat, testimonial. La mantenim més per sentimentalisme que per fer diners de veritat. Però seguin, seguin, si us plau.

Els mossos es van acomodar en unes cadires de plàstic.

—Volen una mica d'aigua? —el president, sense esperar resposta, es va posar a cridar:

—Nena! Nena! Porta aigua a aquests senyors.

Segons després, la secretària de l'entrada obria la porta amb una gerra d'aigua i dos gots de plàstic blancs que va deixar damunt la taula i va omplir fins dalt.

—I doncs — el president va estirar les cames i es va posar les mans plegades damunt la seva panxa—, vostès diran.

—Senyor Batlle, com ja li vam comentar per telèfon, venim a fer-li quatre preguntes sobre la mort de la diputada Carla López.

—Suïcidi, pel que tinc entès —va agafar una capsa metàl·lica d'un extrem de la seva taula i la va obrir cap als policies—: Un caramel?

—No, no, gràcies. Suïcidi, sí. El fet és que tenim entès que vostè, com a president de l'Associació de Propietaris de Terrenys Forestals de la Província de Lleida, s'hi va reunir arran de la llei que volen fer, i que no n'estaven gaire contents.

—Bah! I com vol que n'estiguéssim? Aquesta llei es una animalada. Ens volen fotre tot allò que hem guanyat amb la nostra suor.

—Es van trobar vostès amb la diputada? —el policia va obrir una llibreteta negra i va treure el tap al bolígraf, prest per escriure.

—Sí, un dia que plovia, miri, com avui, allí al Parlament. Li vam fer saber les nostres raons.

—Com va anar la reunió?

—Doncs, com vol que anés? Malament! Hi havia gent molt alterada.

—Sí, ja ens van dir que alguns dels assistents van amenaçar la diputada.

—No res, home, no res. Lo Joan de Llavorsí, quan s'emprenya fot por. És parent del Palanca, eh? Poca broma! Però no faria mal ni a una mosca.

—Aquest Joan és el que va disparar a un que tocava unes fites d'un terreny seu?

—És que les hi volien moure, mecagondeu! Què havia de fer?

—Home, disparar a algú segur que no. Per a això ja hi som nosaltres.

—Ves, tampoc li va fer res greu.

—Si res greu és que l'altre hagués de passar dues vegades per la sala d'operacions i tres mesos a l'hospital, doncs, no.

—És una mica eixelebrat, res més, no n'hi ha per a tant.

El soroll de la porta que s'obria va interrompre l'interrogatori. Un home ressec i arrugat va entrar. A cada pas que feia semblava que hagués de caure, però, al darrer moment, el bastó del braç dret el salvava de la crida constant de la llei de la gravetat. L'altura que s'intuïa que havia tingut en el passat feia que la gepa de l'esquena fos més evident. Va murmurar alguna cosa.

—No es preocupi, Juan, no ens cal res, vagi a veure la nena, a veure si té alguna feina per a vostè.

El vell, que semblava que s'hagués de trencar a cada moment, va arrossegar novament els peus fins a la porta, que va tancar a càmera lenta. Batlle va apartar la vista de la sortida i la va tornar a posar sobre els seus visitants.

—És un company del pare, Juan Martín, van treballar mitja vida junts. Va quedar vidu fa poc, sense fills, i no sabia què fotre a casa; ens va demanar de tornar. Li fem fer quatre coses perquè s'entretingui. És més un destorb que una ajuda, però el pare l'apreciava molt —va prendre un caramel de llimó i se'l va posar a la boca—. Per on anàvem? Ah, sí, pel Joan de casa Tor.

—Senyor Batlle, posaria la mà al foc pel Joan Colell, pel Joan de Casa Tor?

L'empresari es va fer endavant, va mirar als ulls del mosso i va fer un somriure.

—Jo no posaria mai la mà al foc per ningú.

Capítol 23
"La hierba y el ungüento"

M'odien i m'envegen, 'ergo sum'.
Josep Anton Vilalta, *Amb samfaina o sense*

Va arribar-hi de bon matí. El sol encara es llevava i feia aquella fresqueta bona. El seu Porsche Cayenne blanc va fer una petita derrapada quan l'estacionava al pàrquing del club. Li agradava exhibir la potència d'aquella màquina que considerava, sense saber-ho, una extensió de si mateix. Va obrir la porta del vehicle mentre s'ajustava les ulleres de sol. Del maleter del cotxe en va treure la bossa amb els pals de golf, una col·lecció que havia anat atresorant de mica en mica, i xino-xano se'n va anar cap al bar amb l'única finalitat de passar llista i que el veiessin. Malgrat l'hora primerenca, ja eren una colla els qui esmorzaven i feien relacions socials en aquell espai. Amb un lleuger cop de cap va saludar els coneguts, es va calar la gorra, va sortir i va emprendre la rampa de baixada fins al camp.

Davant seu, un mar de gespa ho inundava tot, les seves onades arribaven en forma d'olor d'herba acaronada per la rosada. Li agradava venir i caminar; de fet, era l'únic esport que feia: passejades pel camp de golf, de forat en forat. A cada visita de control, el metge li insistia en la natació; la seva esquena no era el que havia estat, però ell havia convalidat la piscina per aquell esport que, a més a més, tenia l'avantatge de ser un espai de trobada on teixir alguna relació social, i qui sap si algun negoci amb la *jet-set* de la ciutat, o, com a mínim, amb una bona representació d'ella.

Aquell dia, però, havia avançat dues hores la seva rutina esportiva; més que picar pilotes blanques amb els pals, el movia un altre objectiu. El va veure a un centenar llarg de metres d'on era, al forat 3. Calia aparentar una certa casualitat en la trobada, com qui no vol la cosa, sense que semblés evident. Una intencionalitat massa forçada podia malmetre el pla en què feia un parell de dies cavil·lava.

No era un primera espasa, però en aquell esport hi tenia prou traça perquè, en pocs minuts i alguns cops amb els pals adequats, pogués acostar-se suficientment al carret elèctric del titular del Jutjat d'Instrucció número 1 de Lleida, Ignacio Coll Aunós, fill de l'il·lustríssim jutge Federico Coll de la Mora, flagell de *rojos, masones* i *separatistas* durant dècades.

Nacho, com li deien els més propers, parlava pel mòbil i gesticulava ostensiblement. S'hi va acostar dissimuladament fins que l'altre el va veure i el va saludar amb la mà i fent un gest que demanava que s'esperés. El jutge es va allunyar una mica de l'empresari, però no prou perquè aquest no pogués sentir la conversa.

—Sí, el Premi Llimona, aquests fills de puta de joves advocats m'han donat el premi aquest dels collons —movia el braç esquerre amunt i avall—. Què vol dir? Que soc un maleducat o així... que no, que no fot puta gràcia, hòstia! —el jutge va marxar una mica més lluny.

Una estona després s'acostava a pas ferm vers un Xavier Batlle que l'esperava recolzat en un pal de golf amb el carret al seu costat. Es van donar la mà i Coll li va donar un copet a l'espatlla.

—Home, Batlle! Ets car de veure. Què, com va?

—No ens podem queixar, tenim feina i salut i en els temps que corren ja és prou —l'empresari va esbossar un somriure forçat—. Per cert, mira quina casualitat, l'altre dia vaig pensar en ton pare!

—I això? —el jutge carregava el pal al seu carret.

—Remenava fotos antigues del meu i en vaig trobar una on sortien junts en un d'aquells dinars que feien de tant en tant.

—Del Caliu Ilerdenc —va afegir l'altre.

—Sí, del Caliu, sortien els dos allí amb d'altra gent. Al darrere hi havia escrit 1940 i Hellín o alguna cosa així.

—De quan el van escollir alcalde. El meu pare sempre en parlava, de l'Hellín, una bona persona, de fermes conviccions.

—I tu, com estàs? —Batlle iniciava una subtil aproximació—. Ja he vist pel diari que portes allò de la diputada aquella que es va suïcidar.

El jutge va començar a caminar cap al forat següent i va fer el gest a l'altre perquè l'acompanyés. Xavier Batlle va agafar el seu carret i el va seguir. El jutge Coll va reiniciar la conversa en el punt on l'havien deixat.

—És un cas que hauria de ser senzill, un suïcidi confés. Però, mira, els polítics volen remenar una mica el tema, no res, ja tinc ganes de tancar-lo —es va treure i es va tornar a posar la gorra del cap tirant enrere els cabells—. Per cert, ja m'han dit que et van venir a emprenyar.

—Sí, i amb la feinada que tinc! Però, tot el que sigui ajudar... —Va mirar l'altre i li va dir:— En tot cas, pel que dius, sembla que és una cosa clara, vull dir que es pot tancar el cas —va afegir.

Ignacio Coll Aunós va aturar el pas i es va mirar l'empresari amb un gest de sorpresa continguda.

—Un suïcidi és un suïcidi —va apuntar Batlle. Va fer uns segons de silenci, va mirar als ulls al seu company de golf i va reprendre la conversa—. Ja et passaré una còpia de la foto del dinar, si vols; al meu pare li agradaria que la vostra família la tingués, us apreciava molt.

—Els dos tenien una gran amistat, n'havien passat moltes de coses junts —va replicar l'altre.

Nacho Coll Aunós va agafar el seu company per l'espatlla i tots dos es van dirigir a l'inici del forat 4. La partida va acabar amb dues copes de whisky al bar del club. Abans anar-se'n, el jutge ja havia decidit arxivar el cas.

Capítol 24
“Vértigo”

—Així em faràs costat?
—Per descomptat que sí.
Montse Sanjuan, *Anna Grimm, memòria mortal*

Va arribar a l'hospital mitja hora abans del que tenia programat. Va mostrar el codi de barres de la seva targeta sanitària a la màquina de l'entrada de l'Arnau de Vilanova que li va respondre expulsant un tiquet amb indicacions precises: número de torn, especialitat, hora i lloc. Arrossegant els peus, va pujar per les escales fins al segon pis de la part vella cap a una sala d'espera raonablement plena. Va fer una llambregada ràpida al seu entorn i es va asseure en una cadira de plàstic des d'on podia vigilar el panell que anunciava els números de les visites i les consultes corresponents.

Va pensar: “Alea iacta est”; arribava el moment de la veritat. Es va fregar les mans instintivament, va agafar el llibre que portava i el va obrir per on hi havia el punt. Abans, però, va fer una darrera mirada al seu mòbil, un missatge de la Sònia: “Truca'm només sortir i vindré a buscar-te”, i una icona d'una cara somrient llançant un petó en forma de cor. Va fer un petit sospir. Es va posar les ulleres progressives per endinsar-se en la lectura d'aquella novel·la que li permetia una petita fugida d'aquella por que el tenallava.

Havia vingut sol. Aquell era un mal tràngol que no volia fer passar a ningú, que volia portar amb una mena d'austeritat franciscana i que necessitaria pair, si tot anava com semblava, abans d'explicar-ho. Però no ho portava bé, gens bé, la processó anava per dins; els darrers dies havia estat més irritable i li havia costat dormir. Avui, en aquella sala plena de gent, feia esforços per no moure la cama i contenir el nerviosisme.

Poc abans de les 12, el plafó va marcar el número que coincidia amb el seu tiquet. "Ara sí", es va dir, "som-hi". Va tancar lentament el llibre i es va aixecar. La consulta era cap al fons d'un passadís que s'obria a la dreta de la sala d'espera. Amb un temor latent amagat sota una aparent desgana va arribar fins a un despatx que tenia la porta entreoberta. Va fer dos tocs suaus i li va respondre una veu de dona facilitant-li l'accés.

Tot just entrar, es va mirar la metgessa i l'infermer. Feien mala cara. "Merda! Un mal presagi", es va dir mentre deixava la jaqueta en una cadira i s'asseia en l'altra. Davant seu, l'oncòloga va fer una mirada al seu ordinador mentre teclejava alguna cosa.

—Hola, Manel, ja tenim els resultats del TAC —va fer una pausa i el va mirar— i confirmen els resultats del diagnòstic previ.

Ras i directe. No esperava floritures que embellissin res, però tampoc un cop de puny a l'estómac només entrar. Va quedar mut, silenciós; no sabia què dir ni podia articular cap mot. A poc a poc, enmig del silenci i sense saber com, va emetre un seguit de síl·labes en forma de pregunta.

—I això vol dir...?

—Això vol dir —va continuar la metgessa, que aguantava uns papers amb les mans— que tens un tumor a la hipòfisi, a la zona de la sella turca, prou gran perquè t'estigui comprimint el nervi òptic i d'aquí les alteracions visuals...

—És greu?

—És important, Manel, però fins que no el veiem bé no podrem assegurar res... Ara haurem de fer unes quantes proves més i després et programarem una visita amb el cirurgià per a aquesta mateixa setmana.

"Això es seriós", va pensar.

—Però..., hi ha perill, vull dir, tinc possibilitats? Me'n sortiré?

—Farem el millor perquè sigui així, tenim eines i les millors persones per ajudar-te. El que tens no és un cas infreqüent i els procediments i tractaments han millorat molt. Les possibilitats d'èxit són més altes ara que fa deu anys.

—No em moriré? —finalment la por va agafar forma de paraules.

—Això no ho podrem evitar, em temo, però pensem que no serà per això —la metgessa va esbossar un mig somriure.— En tot cas, si tot va bé, t'haurem de fer seguiment i caldrà que et mediquis perquè, per dir-ho d'alguna manera, per treure't el que és dolent també t'hem de treure una mica del que està bé.

Va sortir de l'Arnau per la part vella, la de l'entrada de l'antiga residència, i allí, als jardins, en aquella mena de recés de pau envoltat d'arbres i natura captiva entre carreteres i edificis, es va asseure en un banc i va mirar cap al cel amb els braços oberts i recolzats sobre aquell seient de fusta mentre inspirava profundament. Minuts després va treure el mòbil de la butxaca per a trucar a la Sònia. No van passar més de dos tons que li va contestar. Li ho va explicar tot fil per randa, com una mena de teràpia necessària per calmar l'ansietat.

—Ara ho has d'explicar a la Pili —li va respondre l'amiga—, sense excuses.

—Sí, ho faré —i va penjar el mòbil. Mitja hora després s'aixecava del seient i es posava en marxa.

Capítol 25
"El ojo de cristal"

Ni és el temps ni la manera.
Juan Cal Sánchez, *Crim al bancal*

Va arribar a casa i va deixar, pesadament, la jaqueta prima al penjador. Una motxilla lila a terra indicava que la nena ja era al niu.

—Pare, que em pots ajudar a fer els deures? —es va sentir quan tot just feia la primera passa.

—Ara vinc —va dir. Es va treure les sabates, es va calçar unes sabatilles i va entrar a l'habitació de l'Abril.

El va rebre el somriure de la Pili asseguda al costat de la seva filla.

—Per què em fas vindre si ja hi ha ta mare?

—És que són mates —va respondre la seva companya, i això ho sap fer millor el seu pare —va dir la Pili fent l'ullet—. Mentre l'ajudes vaig a estendre la roba de la rentadora que has deixat aquest matí posada. Potser et pensaves que ho farien els minairons? —la ironia era evident.

—Ho sento, darrerament no sé gaire on tinc el cap. Va, Abril, què vols que t'expliqui?

La seva filla li va assenyalar les pàgines del llibre.

—Hem de fer els exercicis set, vuit i nou.

—Hem de fer? Has de fer, diria —el Manel somreia.

—I el meu papa m'ajudarà —el tenia vençut des del punt de sortida.

Escassos deu minuts després de l'entrada del pare al dormitori de la seva filla, aquesta tornava a cridar:

—Mamaaa, el papa no ho sap fer.

La Pili va obrir la porta.

—És que els ho ensenyen diferent —va dir ell—. Ho fan diferent. Jo li vull explicar com ho fèiem nosaltres, però diu que l'embolico.

—*Boomer* —va somriure la seva companya.

—Mira, va, pare, ves-te'n, que ja busco un tutorial —en un segon l'Abril ja havia trobat una explicació per part d'un youtuber—. Marxa, ves-te'n! —va afegir movent la maneta.

—*Denle al like y no olviden suscribirse* —va afegir ell amb un somriure abans de tancar la porta.

Va anar cap a l'habitació de la rentadora on la seva companya estava estenent la roba. Ella se'l va mirar:

—Manel, ja has tornat a barrejar la roba blanca i la de color. T'ho he dit milions de vegades. Mira la samarreta de la nena, aquella que li vam comprar per Reis, ha sortit rosa.

El Manel tenia la mirada perduda sense badar boca. La Pili va fer cara d'estranyesa.

—Què et passa?

—Avui he anat al metge —va respondre lacònicament.

—No me n'havies dit res...

—Tinc un tumor al cap —va respondre abruptament.

Pilar Hernández va quedar paralitzada, amb la boca oberta i la samarreta rosa de la filla a les mans.

—Què dius que què?

—Em van fer un TAC fa dies, no et vaig dir res per no preocupar-te, i avui m'han donat els resultats. Tinc un tumor al cap, per això no hi veig bé.

—Hòstia, Manel... —la Pili es va dur, instintivament, la mà a la boca.

—Ara m'han programat proves urgents, però pinta que m'hauran d'operar... aviat.

—Però, però... és greu? I per què no m'has dit res? —va alçar la veu.

—No discutiu —una veu de nena arribava des de lluny.

—Per què no me n'has dit res? —va dir ara més fluixet amb els ulls humits.

—Perquè no us volia preocupar fins a saber-ho del cert.

—I ara, què?

—Doncs això, esperar que em cridin per a operar. Tot anirà bé.

—Tot anirà bé, tot anirà bé... —va repetir ella com un mantra mentre s'asseia en una cadira—. Dona'm un segon, que me'n faci a la idea. Ho has dit als teus pares?

—No, i no els ho diré, no els vull donar cap disgust, que gaudeixin del que els queda, ja han fet prou.

—Tot anirà bé —va repetir ella.

Capítol 26

“Ningún sitio es mejor”

Perquè ningú sap quina és la veritat de tot plegat.
Carles Mentuy, *Engolits pel Segre. Assassins de Ponent*

Com era costum establert, la Sònia va ser la primera a arribar al bar Grans Records del carrer Alcalde Costa. Va dubtar unes mil·lèsimes de segon si esperar-los fora o entrar. “Segur que amb una cervesa a les mans l’espera serà de més bon passar”, va pensar, i va esmunyir-se cap dins. A l’interior, al fons del local, va trobar el seu espai preferit lliure, un sofà en un dels laterals, enganxat a la paret i des d’on podia veure, separat per un gran finestral, el pati exterior amb taules, cadires i plantes.

En aquella mena de petit jardí, l’amo del bar caminava amunt i avall parlant pel mòbil mentre movia el braç que tenia lliure com si volgués emfasitzar el missatge que enviava al seu interlocutor. Va penjar, es va mirar el telèfon, se’l va posar a la butxaca i va entrar cap dins. Va veure la Sònia i va somriure.

—Què passa, Julià, que et queixes tant? —la Sònia li va tornar el somriure.

—N’estic fins als collons, de l’Ajuntament! Vull fer obres i has de fotre un munt de paperassa que no t’hi entens ni de conya, i tot per quatre rajoles i quatre parets! És que ni ells em saben dir el que cal.

—Amplies el local? Que no en tens prou, de vinils?

—I ca! Ara farem un restaurant així boniquet, per a menjar bé —li va picar l'ullet.

Just en aquell moment, el Jordi feia acte de presència i, uns segons més tard, el Manel, que es quedava badant davant les samarretes negres de grups de rock, talla infantil, que s'exposaven en una paret propera a la barra.

—Què, Manel, són per a tu o per a ta filla?

—Hòstia, aquesta de *Master of Puppets* de Metallica sempre m'ha agradat. Creieu que a l'Abril li agradaria? —deia mentre la toquejava.

—No —van respondre els seus dos amics al mateix temps—, que si te la vols comprar tu, fes-ho, però no hi posis pel mig la pobra nena —va acabar la Sònia.

—Mira qui ho diu, la que va comprar el *body* de Ramones a la seva només néixer! Va, què voleu, que demano.

Una estona després estaven asseguts a la part més acollidora del bar amb un beure cadascun. Fetes les converses introductòries, la Sònia no va esperar ni un segon a treure el tema.

—I què, això de la diputada? He fet una mica de cerca i no he trobat res d'interessant.

El Jordi i el Manel es van intercanviar un somriure de complicitat i es van mirar la seva companya en silenci.

—Au, va! Que no penseu dir res o què?

—Res de què? —va dir un d'ells animant-los a continuar.

La Sònia Mateu se'ls va mirar. Els altres dos van riure de nou. Va ser el Jordi el que va prendre la iniciativa.

—Ahir va declarar l'amant.

—Ah, sí? I què? —La Sònia obria el primer full de la seva llibreta mental.

—Doncs, res, la veritat. Un pobre de mi, casat i amb filles, com la López. Una aventura que es va complicar i que va acabar malament, com n'hi ha mil. No tens material ni per a la teva contra.

—De vegades les situacions més quotidianes amaguen els secrets més obscurs —va apuntar Farré, com si volgués afegir-hi unes gotes de misteri.

—De quin llibre de novel·la negra de basar xinès ho has tret, això, amic? —La Sònia va fer un somriure sarcàstic—. I què, Jordi, *tell me more*?

—Res, d'aquest poca cosa. Farem quatre comprovacions del que ha dit, però és que, de fet, investiguem perquè els de dalt volen. És un suïcidi, no hi ha res més.

—Un suïcidi misteriós. —El Manel continuava entossudit a crear una atmosfera de misteri, més com un joc que com un convenciment de conspiració.

—Avui al matí ens ha tocat anar a veure el president de l'Associació de Propietaris de Terrenys Forestals, un tal Xavier Batlle.

—Xavier Batlle fill de Josep Batlle? —El Manel ara sí que estava realment encuriosit.

—Crec que sí, tenia una foto de son pare al despatx. Els coneixes?

—Mira, amic, no he fet un llibre jo sobre el Caliu Ilerdenc?

—Sí, i què hi té a veure?

—Que José Batlle va ser un destacat dirigent del règim, un dels que remenava les cireres a Lleida. Entre ell i dos o tres més posaven i treien alcaldes i governadors civils a la ciutat. De fet, ell mateix va ser regidor de la Paeria i va ocupar diversos càrrecs a l'Administració, d'aquells que no es veuen, però que manen.

—Hosti, doncs no n'havia sentit a parlar mai —va dir la Sònia.

—Perquè és un dels molts que van caure drets després de la mort del Franco, es va saber posicionar bé. Ja ho veus, va entrar a Lleida amb l'exèrcit de Franco i en va sortir com un autèntic demòcrata.

—Doncs sembla que el negoci li va bé —va apuntar el Jordi.

—També m'aniria bé a mi si hagués fet com ell, no et fot! Diuen que una part dels terrenys que té al Pirineu els va aconseguir a través d'influències. Eren de republicans als quals van robar tot el patrimoni, alguns previ pas per l'escamot d`afusellament.

—Quin *pàjaro*! Doncs se'l veia prou tranquil i trempat allí escarxofat a la cadira. No et pots fiar mai de ningú. I tu que saps tant d'història, per allí circulava un home molt gran anomenat Juan Martín o alguna cosa així. Diu que era company del seu pare.

—Ni idea, ja ho miraré.

—Merdaaaaa!

El Jordi Solsona es va dur la mà al front, com si de sobte recordés alguna cosa, mentre els altres el miraven encuriosits.

—Què passa, Jordi?

—Meeeeerda, el paraigua, m'hi he deixat el cony de paraigua.

—Quin paraigua?

—El que em va regalar la Meritxell pel meu aniversari. Em matarà, és el tercer que perdo, l'he d'anar a buscar sí o sí —va fer el gest d'incorporar-se.

—Tranquil amic —li va dir el Manel, agafant-lo pel braç—. Són dos quarts de nou. On vols anar ara? No veus que serà tancat? Ves-hi demà al matí.

—Sí —apuntà la Sònia—, i així et podrem acompanyar, no? Jo vull veure aquest home. I no facis aquesta cara, que no és una missió oficial, que vas a recuperar un paraigua i prou.

Capítol 27
"Piel de tambor"

A un agent novell tot allò podia semblar-li molt estrany, però Gaya tenia una llarga trajectòria i havia vist el costat fosc de massa gent com per estranyar-se de res.

Joan Francesc Dalmau, *Fràgil. Crims.cat*

Van quedar a primera hora del matí al Beat Cafè and Soul. "No podem començar una excursió, per petita que sigui, sense un bon cafè amb escumeta i un croissant de xoco", havia dit la Sònia el dia abans. Es van asseure al sofà circular que envoltava una tauleta rodona tot just entrar i en van fer via. Vint minuts escassos i ja eren dins del Seat Le*ó*n gris perla del Jordi Solsona. Sota un sol radiant van enfilar el vehicle cap a l'empresa Pirineu Forestal S A.

—Avui no et tornaràs a deixar el paraigua, eh?

—Calleu, malparits! —reia el Jordi.

La carretera que els havia de conduir al seu destí estava poc concorreguda, menava a pobles petits que encara, sortosament, no havien esdevingut dormitoris de Lleida i conservaven l'estructura de cases baixes i la cohesió social.

—Per cert —va apuntar el Manel—, ahir vaig estar buscant el nom d'aquell home vell que em vas dir, el Juan Martín. Es veu que era un peça de la Brigada Político-Social que, quan van veure que es girava la truita, va saltar i va posar-se a treballar amb el Batlle. No he trobat en cap lloc que pogués indicar què feia a l'empresa exactament. Els veterans em diuen que "solucionava coses", sense concretar exactament quines.

—Què vol dir "solucionar coses"? —va dir la Sònia—. Com el senyor Llop de *Pulp Fiction* o més aviat com un llauner o un mecànic?

—Llauner segur que no, suposo que feia encàrrecs o alguna cosa així.

—No contractes un policia de la Brigada Político-Social per a fer encàrrecs, gamarús —li va dir el Jordi—. Ni ell vindria a fer cafès per molt que es volgués reciclar.

—Doncs, què?

—No ho sé; l'historiador ets tu.

En pocs minuts ja havien arribat al seu destí. El pati continuava amb aquell petit desordre, ple de fustes i taulons per tot arreu. La pluja del dia anterior havia fet que la pols es convertís en una mena de pasta de fang barrejada amb restes d'escorça i trossets petits de fusta deixant arreu, com esquitxos, petits tolls d'aigua bruta.

Van sortir del cotxe un rere l'altre, però van entrar a l'empresa tots plegats com si fossin *cowboys* irrompent en un saló del salvatge oest. Com el dia anterior, l'administrativa parlava per telèfon prenent una comanda que, pel que podien deduir, es destinava a algun indret de Barcelona. Els va fer el gest amb la mà perquè s'esperessin.

Van explorar l'espai. El vestíbul tenia tres cadires de plàstic unides entre elles i una mena de tauleta al final que suportava una planta al límit de la vida i la mort, i al seu costat hi havia tres o quatre revistes una mica rebregades. La Sònia les va xafardejar. Eren de l'Asociación Maderera de España, plenes d'anuncis de maquinària i d'entrevistes a alguns dels seus membres valorant la situació actual i apostant per l'obertura de nous mercats a l'exterior. "Apassionant", va pensar, i les va tornar a deixar on les havia trobat.

Es va obrir la porta d'un dels despatxos propers i en va sortir, com una exhalació, un home vestit amb americana blava i pantalons a joc, una camisa de to més clar, corbata verda i uns papers a la mà. Darrere seu, a una distància inversament proporcional a la velocitat del seu pas, Juan Martín seguia el seu cap com podia. Xavier Batlle no va poder dissimular la sorpresa en veure de nou el policia.

—Agent, que passa alguna cosa? No m'havien avisat que vindria avui.

—No, perdoni, no passa res. Ahir em vaig deixar el paraigua, que té un valor sentimental per a mi, i avui he pujat a buscar-lo. Miri, li presento la Sònia Mateu i el Manel Farré, que m'han acompanyat.

—Farré? —va preguntar l'empresari—. De quin Farré és? Dels restaurants?

—Què més voldria —va respondre el Manel—. El meu pare era agent comercial, Antonio Farré, no li deu sonar.

—Comercial? Si no és que comprés fusta o vengués maquinària, no —va dir somrient—. Bé, perdonin, que tinc molta feina. Si no vol res més, agent, he de marxar.

El policia va assentir i després Batlle es va adreçar a la secretària:

—Nena, dona-li alguna cosa per fer al Juan.

L'empresari de la fusta va donar la mà a tots els presents i es va tornar a entaforar el seu cau mentre el vell esperava ordres de l'administrativa.

—Senyor Juan, porti aquests papers a la noia de comptabilitat —li va donar una carpeteta prima i es va girar cap a ells—. Ara li vaig a buscar el paraigua. Tenim un armariet on guardem els que la gent oblida; se'n faria creus. Vostè deu ser dels pocs que el ve a buscar.

Va desaparèixer un moment i poc després va tornar amb l'objecte del desig de Jordi Solsona.

—Va, anem —va dir el policia.

—Ens has fet venir per això? —la Sònia somreia.

—Sou vosaltres els qui m'ho vau demanar!

—Ja, però em pensava que hi hauria més marro amb el *jefe*, no ho sé... Quina decepció —va afegir, somrient.

—Sou uns *cantamanyanes*. Espavil que tinc feina.

Un rere l'altre van anar sortint. A fora, van haver de fer visera amb la mà; el sol de Ponent lluïa amb força. Es van quedar uns segons palplantats i, sense pressa, van anar cap al cotxe. El fang es començava a assecar i les seves passes aixecaven una pols grisa i fina que s'adheria a les sabates com una segona pell.

A uns metres del cotxe de l'agent, un home gran caminava arrossegant els peus, amb un bastó en una mà i una carpeteta prima en l'altra. No li van fer cas; només el Jordi va fer un moviment de cap que volia ser una mena de salutació insinuada. Els ulls gastats del vell es van clavar en el Manel i va deixar anar una mena de murmuri, un "Farré" xiuxiuejat acompanyat del que semblava un somriure sorneguer.

—Com diu? —va preguntar el Manel tot acostant-se-li.

—El Farré, quin cagat! —xiuxiuejava la serp.

—Com? Es deu confondre de persona.

—Antonio Farré, el conec bé ton pare. Un cagat, un covard.

—Crec que s'equivoca, no sap qui és el meu pare ni què va fer.

El Manel es començava a irritar.

—I tant si el conec, el lluitador contra Franco! Hauries d'haver sentit els seus xiscles a la via Laietana. Semblava un porc a l'escorxador, i només per quatre clatellots.

—Això que diu és mentida. Sé molt bé el que va passar a la comissaria, fill de puta. Vau torturar el meu pare. —En Manel escopia ràbia en forma de minúscules gotes de saliva.

—Torturar, diu... quatre empentes mal donades i quatre bufetades...

El somriure que s'intuïa en aquell rostre de cuir, llaurat d'arrugues, indicava que l'antic policia s'ho estava passant bé.

—Doncs, mira, malgrat les hòsties, malgrat tot el que li vau fer, el meu pare es va mantenir ferm. Aquesta és la vostra derrota, això és el que us fa mal.

El vell mantenia el rictus, dempeus, es balancejava lleugerament pel pas dels anys; només aquella mà aferrada al bastó, com si li anés la vida, li assegurava la posició horitzontal. Va esperar dos segons i va tornar a la càrrega:

—El teu pare era un cagat. Quan va veure els elèctrodes va començar a cantar com un pardalet, no li vam haver de tocar ni un pèl, va dir tots els noms un rere l'altre: Sárraga, Culleré, Vallina, Claramunt, Vila... Quin covard de merda!

—Ets un fill de puta! Tot això es mentida.

El Manel va donar-li una espenta que va trencar el fràgil acord que el vell mantenia amb la gravetat i va fer que caigués a càmera lenta sense moure ni un múscul i que el seu cap piqués contra un munt de taulons apilats darrere seu. El soroll del que semblava una fusta vella que s'aixafava va aturar el temps mentre s'alçava un petit núvol de pols cobrint aquell cos estès a terra.

Manel Farré es va posar les mans a la boca davant la mirada atònita dels seus companys.

—Què coi has fet, Manel, què coi has fet? Has matat el vell.

L'agent dels Mossos d'Esquadra Jordi Solsona no se'n sabia avenir.

Capítol 28
"Dejadme descansar"

Només volia mirar-se el seu petit món amb una mica de perspectiva. Veure més enllà de l'horitzó de serres blaves que encerclaven el Baix Segre.

Anna Sàez, *Pobra Pilar. Assassins de Ponent*

Jordi Solsona es va ficar al llit convençut que no podria agafar el son. Revisava les imatges de la mort de Juan Martín fotograma per fotograma, seqüència rere seqüencia, tot buscant algun detall, alguna esquerda, que no convertís el que havia succeït en un homicidi involuntari executat, malauradament, per un dels seus millors amics.

Al seu costat, la Meritxell respirava pausadament. No li havia dit la veritat, i era una de les altres coses que li coïen; havia repetit la versió oficial teixida amb la seva amiga: el vell havia ensopegat amb un tauló i havia caigut. Un relat que ningú havia qüestionat atesa l'edat del personatge. Com li podia dir a la seva parella que el Manel havia matat, involuntàriament, sí, però matat, l'expolicia? Si no ho repetia potser ho podria arribar a oblidar, potser el relat fals podia esdevenir cert amb el temps, com aquella mentida que, repetida mil vegades, esdevé real.

I no era només la Meritxell. El que el cremava per dins era una altra cosa. Va entrar al cos dels Mossos convençut de la seva elecció, s'estimava el cos i els seus valors, i sentia profundament que els estava traint, que es posava del costat dolent de la història. S'havia vist empès per una mentida que havia sorgit gairebé espontàniament, sense meditar-ho, producte del moment i de la confusió, i ara tenia dubtes, molts dubtes del que havia de fer. De fet, la confessió feia estona que li rondava pel cap, s'imaginava l'escena amb el seu cap: com li ho diria, què passaria, com s'ho prendria... Era de justícia fer-ho, i llavors li venia la imatge del seu amic Manel.

Va allargar la mà i va tocar el rellotge de damunt de la tauleta de nit, que es va il·luminar: les 3 de la matinada; li quedaven cinc hores escasses de son i no pintava gens que, al pas que anava, les dormís. Va obrir el primer calaixet i en va treure una capseta rectangular de cartró amb la inscripció Diazepam, i se'n va prendre dos. Escassos vint minuts després li arribava la son i, amb ella, els malsons.

La Sònia va dormir fatal malgrat l'ansiolític. Li va costar molt aixecar-se del llit. Per a contrarestar el cansament, va afegir una dosi addicional a la seva dosi habitual de cafeïna.

Aquell matí, la periodista restava inerta davant d'un document de Word en blanc. Li havien encarregat el breu sobre la mort del Juan Martín i no sabia com posar-s'hi malgrat la notícia que, per si mateixa, era prou senzilla: un home mor per accident en una empresa de fusta.

Senzilla, però mentida. L'estat de xoc en què es trobava només s'alterava per records, en forma de flaixos, que la torbaven i que tenien com a protagonista el seu amic Manel Farré. Es van conèixer al COU de l'institut Màrius Torres de Lleida, però només de vista i de nom quan el professor passava llista. Era un més de la trentena de la fàbrica d'hormones amb potes que poblaven la seva classe.

La veritable trobada va ser quan ella va decidir canviar la discoteca Baix Segre de Seròs i les seves escapades a Fraga per la disco Wonder. Un edifici que li va semblar immens, on es reunia bona part de la canalla (i d'alguna ja més entrada en edat) de Lleida en avall. Allí, entre cubata i cubata, van forjar una amistat a la qual després es va unir el Jordi i que van anar enfortint amb el pas dels anys.

Ara se sentia sola, no tenia ningú amb qui compartir aquella pressió que li comprimia el pit i que amenaçava de trencar-li l'estèrnum. Ningú que fos capaç de guardar un secret que, si s'escampava gaire, podia tenir conseqüències devastadores.

Va alçar la vista de la pantalla, va apartar les mans del teclat i va deixar anar un sospir d'escassos mil·lisegons que van omplir minuts. Va tornar a la feina, va buscar l'acció "desar com" i va tancar el document en què estava treballant, que amb prou feines tenia escrits quaranta caràcters.

En va obrir un de nou. A dalt de tot hi va escriure en negreta "lligams" i va prémer l'espai del seu ordinador que la va conduir prop de l'aiguabarreig del Segre i el Cinca, a les cases del seu poble, d'on havia volgut fugir feia anys per una joventut que demanava a crits espai i llibertat. Aquelles cases de maons vermells, aquells sostres de teula, el turó al qual tantes vegades havia pujat de petita amb les seves amigues per fer-se les ames de la Granja d'Escarp emetrien, anys després, un so diferent, un cant de sirena del qual no es podia deslliurar.

Havia pensat molts de cops la raó que l'havia portat a marxar i que ara la feia, irremeiablement, tornar. Sempre acabava amb la mateixa paraula: lligams. Desenes de persones, algunes de semblants i altres d'absolutament diferents unides per un fil invisible que les feia esdevenir cuirassa i suport i que, malgrat disputes atàviques, debats al bar pujats de to o el safareig de l'estiu a la fresca on sempre algú sortia malparat, les feia esdevenir comunitat.

Lligams, va pensar, i la imatge del Jordi i el Manel rient amb ella a cor què vols mentre es fotien dels concos que anaven a caçar alguna noia despistada a la barra del palot del destrio de la pista patxanga de la Wonder, li va entumir els ulls. Va desar el document i en va obrir un de nou. Va reescriure l'article sobre la mort del vell, sota el títol "Mor, en un accident de treball, un home a Lleida". A poc a poc va omplir aquell full en blanc amb caràcters en forma de lletres.

El sergent Majó el va cridar al seu despatx. Hi va anar arrossegant els peus atordit per la manca d'hores de son sumades als efectes del fàrmac que, encara llavors i en petites quantitats, se li arrossegava per la sang. Va fer dos tocs a la porta entreoberta i es va colar cap a dins. El cap li va fer indicacions perquè segués en una de les dues cadires de plàstic negre que tenia davant de la taula.

—Bon dia, agent Solsona, com està?

—Una mica cansat, res greu.

—L'he cridat amb referència al decés que va tenir lloc ahir, a l'empresa Pirineu Forestal S A. Vostè hi era present.

—Així és —l'agent va agafar l'ampolleta d'aigua que portava i en va fer un glop amb l'esperança d'acabar de despertar-se i guanyar uns segons d'aquella conversa que prenia un rumb que no li feia el pes.

—Tinc entès que les dues persones presents eren amigues seves...

—Sí, la Sònia Mateu i el Manel Farré, fa molts anys que ens coneixem.

—Bé, l'atestat diu que va ser un accident, que el senyor Juan Martín va caure fortuïtament i que, a causa de la seva avançada edat, no va poder reaccionar per evitar la fractura a les cervicals.

Jordi Solsona va fer un altre glop d'aigua.

—Així és com va anar.

—Hi ha alguna cosa que no ens quadra, agent. Sembla que va caure d'esquena quan el que seria lògic seria que, si ensopegués, caigués endavant. No ens acaba d'encaixar... —va remenar uns papers que hi havia damunt de la taula.— I ens diuen que aquest tal Martín havia estat policia; sembla que hi podria haver una connexió entre ell i el pare d'un dels seus amics.

—No em consta —Solsona continuava impàvid.

—Bé, doncs, així confirma vostè la seva declaració inicial?

—Sí.

—Fil per randa? No hi ha res que hi vulgui afegir?

Jordi Solsona va abaixar la mirada un segon i va inspirar profundament; a poc a poc es va retrobar amb els ulls del seu interlocutor.

—No, res substancial.

—D'acord —el sergent va tancar la carpeta—. Com ja deu saber, el cos dels Mossos d'Esquadra hem rebut noves transferències administratives en tot el litoral català. Aviat crearem les unitats que seran el germen de la Policia del Mar. Li recomano, et recomano, que deixis el teu lloc a la científica i sol·licitis el trasllat, serà el millor per a tothom —el va mirar fixament—. Ja es pot retirar. I, per cert —va afegir—, després del que ha succeït, fa poca estona que m'ha trucat el jutge: tanca el cas, suïcidi.

Jordi Solsona es va aixecar pesadament i, amb la mirada perduda, va encaminar-se cap a la sortida. Abans de marxar, el sergent el va tornar a cridar.

—Gràcies per la feina feta aquests anys, agent Solsona, tots n'estem molt contents. La seva marxa serà una pèrdua significativa, però necessària.

Va tancar la porta i se'n va anar. Un mes després, la Meritxell i ell compartien pis, aquest cop a l'Ametlla de Mar.

Capítol 29

"Al otro lado del espejo"

Guardem moments de la nostra vida, rumiava, que si els féssim públics els amics o els coneguts se sorprendrien o fins i tot no ens creurien.

Montse Sanjuan, *La sergent Anna Grimm*

Es va aixecar desfet. No havia dormit gens en tota la nit, potser alguna estona havia tingut el que es podia considerar una mena de pèrdua transitòria de consciència, que tot just s'havia allargat escassos minuts. Una mena de succedani de son que no havia tingut cap efecte real en el seu descans. El seu cap era ple d'un garbuix d'imatges construïdes per desenes de fotos del seu pare en manifestacions i actes contra el franquisme que es contraposaven a la caiguda, lenta i pausada, de Juan Martín cap enrere fins a desnucar-se.

No havia dit res a ningú, ni a la Pili, malgrat que ella, quan el va veure, ja sabia que alguna cosa no anava bé. El silenci havia estat una constant les darreres hores, amb la Sònia i el Jordi després de la mort: homicidi imprudent, accidental o com se'n volgués dir. La tornada en un cotxe buit de paraules, la trobada amb la seva dona; només l'Abril l'havia desvetllat d'aquella mena de malson que tenia dues parts.

Havia pelat un home! Un grandíssim fill de puta, sí, però un ésser humà al cap i a la fi, una persona que sense la seva espenta encara respiraria, viuria i s'aixecaria cada matí amb l'únic objectiu de fer feines absolutament prescindibles a l'empresa de Xavier Batlle. Ell, Manel Farré, pacífic, tranquil, bona persona, havia matat, amb majúscules i negreta, Juan Martín.

I també havia descobert que tal vegada el full de serveis del seu pare tenia un apèndix secret; el lluitador antifranquista que s'havia jugat la pell, l'honest i coherent, potser no ho era tant. El dubte el lacerava lentament i removia tots aquells valors que els pares li havien inculcat de petit, aquella integritat que pregonava i de la qual feia gala l'Antonio Farré dia sí, dia també.

I si allò que li va dir el policia no era res més que la punta de l'iceberg? I si a aquella suposada delació n'havien seguit d'altres? Es volia convèncer que tot era fals, que Juan Martín només era un vell ressentit que havia anat a fer mal, segur. Però, malgrat que volia fer coincidir raó i sentiments, cap i cor s'entossudien a no trobar-se.

Es va passar aigua ben freda per la cara i es va mirar al mirall. Feia unes ulleres de pam. Es va rentar les dents i es va pentinar, va agafar la maquineta d'afaitar i se la va passar per la cara, com si així pogués tallar, també, aquella angoixa que el tenallava. Es va vestir amb la roba del dia anterior, va agafar les claus del cotxe i va sortir per la porta de casa com un autòmat, amb una sola idea al cap: saber la veritat.

A la llar de jubilats es van sorprendre que Manel Farré anés a buscar el seu pare en horari laboral per a anar a fer un tomb. El recepcionista li va fer un somriure forçat amb el ferm convenciment que alguna cosa no rutllava. Minuts després, el fill sortia empenyent la cadira del seu pare, encara trasbalsat per aquella aparició matutina, fora d'hores.

—I la mare, Manel? Que no ve?

—La mare ja vindrà diumenge, tinc una cosa que vull comentar-te.

—El què? No t'entenc. Estàs bé, fill?

—Sí, pare, sí. Anem un segon aquí al parc, que m'agradaria parlar amb tu.

L'Antonio es va deixar portar, però una remor sorda li corria per dins. Allò no era normal, ni l'hora, ni el dia, ni l'actitud sorruda del seu fill. Potser li volia comentar alguna cosa de casa seva? Se'ls veia prou bé amb la Pili i la nena... O potser de salut... el Manel tenia un bon expedient com a pupes, però sempre n'havien parlat amb tota la família...

Escassos minuts després van fer cap a un dels parcs de la vora del geriàtric, una plaça quadrada amb una font al mig d'on bevien coloms i pardals, que tenia a les vores uns bancs de fusta aixoplugats per l'ombra d'arbres de diferents espècies i tons de verd. Es van posar sota una magnòlia que mostrava, esplendorosa, les flors efímeres d'un blanc pur.

—Pare —el Manel no sabia com començar—, pare, coneixes un policia de la Brigada Político-Social que es diu, es deia, Juan Martín?

Un rictus de terror va passar per la nineta dels ulls de l'Antonio Farré. Es va agafar les mans que descansaven damunt de la falda, se les va prémer i va mirar el seu fill.

—Era un de la Brigada Político-Social, una mala peça, una mala persona, ja deu ser mort. És per a alguna cosa que estàs escrivint, fill?

—Era viu fins ahir, va morir davant meu.

—Què dius? —Antonio Farré mostrava una barreja de temor i incredulitat sincera.

—El vaig matar jo, sense voler.

—Què dius? —va repetir com un autòmat.

—Que el vaig pelar jo, pare.

—Però, per què, Manel? Què has fet?

—Em va dir que tu havies delatat els teus companys. I ara necessito que em diguis que no és cert.

Antonio Farré va abaixar el cap lentament, com assumint una derrota antiga. Es va passar la mà tremolosa pel front i després per la barbeta i va emetre un lament en forma de murmuri.

—Sí.

—Com pot ser, pare? Tota la vida, des de petits ens has explicat les teves batalletes, les teves lluites, la teva integritat, com ho vau passar de malament amb la Carmeta, i resulta que era tot mentida? —no va poder reprimir una llàgrima, a la qual el seu pare va contestar amb una altra.

—Tot era veritat, fill, tot veritat; vam ser molts els que ens hi vam jugar la pell i ens va tocar el rebre. A la via Laietana em van destrossar a cops.

—I vas delatar els teus companys...

—No és tan fàcil, fill, no és tan fàcil, no em jutgis tan severament.

—I com vols que ho faci, pare? Què passarà quan tothom sàpiga que la teva vida és un engany, que aquell lluitador era un *xivato*...?

Les llàgrimes corrien galta avall de l'Antonio Farré, que continuava sense creuar la mirada amb el seu fill.

—Van ser uns anys molt difícils i ens vam mantenir sempre íntegres...

—Au, va!

—No vaig poder aguantar, fill; em van fer unes coses que encara ara em donen malsons, em vaig trencar...

—Pare —el va mirar fixament serrant les dents—, no ets l'heroi que em vas prometre de petit.

—Soc una persona de carn i ossos, fill meu, que t'estima amb bogeria.

Minuts després, veient les cares de l'Antonio i el Manel Farré en arribar al geriàtric, l'administratiu de l'entrada va tenir la certesa que, efectivament, alguna cosa anava malament.

Va sortir del centre de jubilats amb pas ferm, va agafar el cotxe i per una estranya inèrcia es va trobar, minuts després, davant de la casa de l'Alexandre de Sárraga, un sisè d'un bloc de pisos a l'avinguda del Segre. Va trucar al porter automàtic i segons després el llum de la càmera s'obria.

—Hola Manel, què vols? M'estic fent el dinar.

—Puc pujar, si us plau?

El soroll del porter automàtic obrint la porta va ser la resposta. Va agafar l'ascensor i es va plantar a la planta sisena; al final del passadís. La silueta fràgil de l'Àlex treia el cap per la porta mig oberta.

—Que passa alguna cosa, Manel? M'estranya que vinguis a aquestes hores, feia molts mesos que no ens vèiem. Està bé ton pare? Fas mala cara.

—Tens un minut? Prometo no estar gaire estona.

—Sí, endavant —deia mentre es fregava les mans amb un drap—. Acompanya'm mentre acabo de fer-me alguna cosa per menjar.

Van entrar a una cuina allargassada amb una finestra en un extrem des d'on es podia veure el riu Segre atrapat entre dues franges de gespa d'un verd lluent.

—Quines vistes més guapes que tens —va dir en Manel.

—Al final, quan t'hi acostumes, sembla que no hi donis valor, hi penses quan ve algú de fora, com ara tu, i t'ho recorda —va somriure—. Però, seu, home, seu.

Es va acomodar en un tamboret de ferro de color blau davant d'una tauleta rodona. Movia la cama com si tingués un centenar d'escorpins recorrent-la de dalt a baix. La figura de l'Àlex, esforçadament dempeus, recolzat en un bastó, se'l mirava de dalt a baix.

—Què et passa, Manel? Estàs molt alterat —va dir l'Alexandre mentre li servia un vas d'aigua fresca de l'aixeta.

—És que t'he d'explicar una cosa i no és gens fàcil.

—No m'espantis, home.

—El meu pare et va delatar als policies —va deixar anar, sense poder mantenir-li la mirada.

L'Àlex va abaixar el foc de l'olla de la pasta, va agafar un altre tamboret de color taronja i lentament, tot fent un esbufec, es va posar davant del seu convidat. El va mirar als ulls.

—Ja ho sé, Manel, el teu pare m'ho va dir fa temps.

—Com? —la cara del Manel era d'autèntica sorpresa.

—El teu pare és una bellíssima persona, li tinc una gran estima, Manel. N'hem passat de tots colors junts, però, saps una cosa? Érem humans i no superhomes, i penso que en això radicava el nostre poder.

El Farré seguia l'escena sense entendre-hi res. L'Àlex, pausadament, va treure una bossa de tabac i la va posar damunt de la taula.

—Et molesta si fumo? El metge m'ho ha prohibit, però no li faig gaire cas —va dir, sorneguer. A poc a poc va posar els fils de tabac damunt del paper, hi va afegir un filtre a la part final i va llepar la goma. En menys d'un minut ja havia encès una cigarreta que degustava amb fruïció. Se'l va tornat a mirar.

—Durant la dictadura vaig fer centenars de judicis, vaig atendre desenes de persones, això ho saps i és conegut per tothom. Però el que no saps és la por que passava cada cop que entrava a la comissaria de Policia, cada cop que em plantava davant d'un jutge que quaranta anys abans m'hauria fet afusellar sense remordiments. I sí, també he tingut les meves febleses inconfessables.

Amb els dits es va treure un parell de trossos de tabac del llavi i va fer una nova calada. Hi va tornar:

—No es tracta de construir herois, Manel. Si fem això mai no avançarem: les persones sense cap contradicció no existeixen. Es tracta de reconèixer la gent amb totes les seves febleses, de crear comunitat, que quan un caigui, perquè caurem, se n'aixequi un altre.

Va alçar el braç tremolós i li va posar a l'espatlla.

—l teu pare és un dels imprescindibles, Manel, no en dubtis.

Pocs minuts després, Farré abandonava la casa de l'antic advocat laboralista. Al vestíbul d'entrada hi havia un petit armari que feia una mica menys de metre i mig d'altura. Damunt seu, papers plens de lletres, diaris i revistes i un peu de marbre amb la silueta del Liceu Escolar en metall, el premi 2N a la lluita antifeixista i per les llibertats, en la categoria honorífica, en reconeixement al seu compromís vital amb la lluita pels drets polítics i sindicals que li havia atorgat l'Ateneu Cooperatiu La Baula.

Capítol 30
"El relevo"

—Fan bona pinta, Salvador.
Ell va grunyir, mirant cap a les petites tiges que brotaven entre la terra freda.
—No ho sé pas —va dir ell.
Ella li va passar les mans pels cabells.
—Ens en sortirem.

David Marín, *Mala lluna*

Es va despertar enmig d'una boira espessa. Obria i tancava els ulls intentant mantenir-se despert, però no se'n sortia, la consciència se li esmunyia entre els dits. Pas a pas, però, va aconseguir anar percebent el seu entorn; se li aclarien els colors, i les formes i els sorolls que l'envoltaven es començaven a fer intel·ligibles.

Feia poca estona que l'havien baixat de l'UCI a planta. Tenia un record vague de passar per passadissos plens de llums blanques encegadores mentre se li movia el cap i d'arribar a l'habitació que seria casa seva durant uns dies, pocs, esperava.

Ara, amb els ulls entreoberts, podia veure el que semblaven dues o tres bosses penjades d'un pal metàl·lic amb diversos líquids transparents a l'interior, de les quals sortien tubs que segur que anaven a parar al seu braç o a alguna altra part del seu cos, que s'anava despertant de mica en mica, recuperant sensacions, no totes positives. La via que més tard sabria que corresponia al drenatge era extremament molesta.

Va tancar els ulls, va respirar i, mentalment, com si fos un ordinador que es reinicia, va fer un repàs de les parts del seu organisme per a revisar-ne la funcionalitat. Tot semblava en ordre. Assolir aquella aparent normalitat el va tranquil·litzar i el va fer tornar a caure en un somni profund. En reobrir els ulls una estona després va percebre una forma humana que li agafava la mà esquerra.

Fent un esforç, va anar enfocant el seu acompanyant. Allí, en la seva cadira de rodes, la cara solcada per la vellesa, el seu pare se'l mirava amb els ulls humits i una profunda preocupació en el seu rostre.

El Manel va mirar cap a baix: la mà de l'Antonio Farré, fràgil i ossuda, agafava amb tota la força de què era capaç la seva.

—Ha anat bé, ets un valent. T'estimo, fill.

Va tornar a tancar els ulls i va esbossar un somriure.

Epíleg

I de nou —va pensar l'Anna— la vida i la mort, tan properes!
Montse Sanjuan, *La sergent Anna Grimm*

Havia quedat, novament, amb el president de l'Associació de Propietaris de Terrenys Forestals de la Província de Lleida i encara es preguntava el perquè. Després de la seva darrera trobada al Parlament, s'havia promès no parlar-hi mai més, però la insistència de les trucades de Batlle i un to de penediment que li havia semblat copsar en la seva veu l'havien decidit a donar-li una darrera oportunitat.

Una vegada més i prou, s'havia dit. "Aquest cop ho deixaré ben clar, de bon rollo, però sense cap dubte." Havien fixat la trobada a Lleida, a la sala de reunions del local del partit, un divendres a la tarda. Una estona abans que arribés el president, a la seu només hi quedava el secretari acabant d'endreçar papers.

—Carla, el nen m'arriba en vint minuts del cole i sa mare avui no pot anar a recollir-lo, que li ha sortit un imprevist. Et sap greu que marxi?

—Ves, ves —què coi havia de dir, va pensar, tot i que no li feia cap gràcia quedar-se sola—. Deixa'm les claus, que abaixaré la persiana en marxar.

Es va tancar a la sala de reunions revisant les propostes de resolució que havien de debatre en la propera comissió d'Agricultura i Ramaderia, on ella havia d'aconsellar la posició de vot al seu grup. N'hi havia una de la ultradreta a favor de l'energia nuclear que acusava els qui defensaven l'existència d'un canvi climàtic d'agitadors d'un fals "apocalipsi climàtic", una altra de la CUP que apostava per un banc de terres agrícoles amb tanteig i retracte per part de l'Administració i una tercera dels socialistes sobre el peix aranya.

Dos trucs a la porta la van treure de les seves cabòries. Sense que ella donés resposta, van entrar. Eren quatre: el president de l'associació, dos armaris amb cara d'eslaus amb cabell curt i unes samarretes ben ajustades i un tercer menys corpulent, un home ja entrat en edat que duia una americana de color salmó i que portava diversos grams d'or repartits pel cos en forma de cadenes al coll i anells al dit. Va somriure només per a deixar veure que també en portava a les dents.

—No sabia que portaria acompanyants —li va dir a Xavier Batlle visiblement sorpresa—. Si m'ho hagués dit hauria fet venir els meus tècnics.

—No cal, no cal —va dir ell—. Senyora López, aquests senyors també tenen invertits molts diners en terrenys forestals, molts interessos, i volien conèixer-la.

—Però m'hauria pogut avisar, Batlle! Això no és el que havíem quedat —alguna cosa no rutllava i la seva intuïció li deia que aniria pitjor.

—De fet —va apuntar Batlle, que no s'havia tret la jaqueta—, jo he de marxar, tinc una reunió important. S'entendran millor sense mi.

—Què diu? —va dir ella mentre s'aixecava de la cadira amb una barreja de por i indignació.

—Segui —l'ordre de l'home gran, com el xiuxiueig d'una serp, la va paralitzar, i mentre el cap li cridava que fugís, el cos el va obeir.

Es va quedar mirant fixament el seu interlocutor, que amb el dit polze es treia les restes de menjar d'una canina. Xavier Batlle abandonava la sala sense mirar-la mentre una espectacular gota de suor freda li baixava pel clatell. Un dels matalots el va acompanyar a la porta i la va tancar un cop el president en va sortir. Després, conjuntament amb el seu company, es van situar darrere del vell amb els braços creuats sobre el pit. Definitivament no pintava gens bé.

—Senyora López —l'home tenia un marcat accent de l'Europa de l'Est—, tenim un problema, un problema gros —es va acariciar la barbeta—. El nostre soci ens ha dit que no vol diners. —Se la va mirar.

Van passar unes mil·lèsimes de segon que van semblar dies. Mentrestant, el vell escodrinyava la cara de la seva interlocutora. Al seu darrere, els escortes no movien ni una cella.

—Un problema gros, la integritat és un problema gros —va reprendre—. I sap per què? Perquè és una puta poma podrida! —va dir alçant una mica el to de veu, sense cridar, però suficient per a infondre, ara sí, terror a una López paralitzada—. Si ara la deixem fer, què passarà després, quan anem a parlar amb algú altre?

—No... no sé de què em parla... —va balbotejar la diputada.

—Molts diners, molts, això que vol fer ens farà perdre molts diners. I no digui que no la vam advertir. El nostre soci se n'ha fet un tip, però ja n'hi ha prou, no ens podem permetre que una puta ens faci perdre el respecte de tothom —es va escurar les dents amb la llengua—. La integritat... quin valor més bonic, no? Al meu poble hi ha unes quantes creus que la coronen al cementiri i miri, a partir de la quarta, es van acabar els problemes. No sé si soc prou clar.

—Marxin, marxin d'aquí —la López no tenia esma per cridar—. Trucaré als Mossos!

Va agafar el mòbil de damunt de la taula sense convicció, però, ràpidament, un dels armaris l'hi va treure de les mans sense que hi pogués oposar resistència.

—I ara ja és tard. Quina pena, no? Una noia tan jove i bonica... —el vell va ajuntar les mans, com si resés, davant de la cara.

—Em volen matar? —no sabia com havia pogut pronunciar aquelles paraules.

El mafiós va deixar anar una rialla sorda.

—I per què et penses que som aquí? Per què ens hem pres la molèstia de venir? —va tornar a ensenyar la dentadura esquitxada d'or.

—No els sortirà bé. Hi ha càmeres, algú els deu haver vist entrar —la López s'aferrava a la vida.

—Has vist massa pel·lis, d'aquelles en què els bons guanyen. Tu has vist alguna persona bona rica? Eh que no? —es tocava un anell d'or immens del dit índex—. Fa molts anys que ens dediquem a aquest negoci i, com pots veure, no ens va malament.

—Soc diputada, no els serà tan fàcil matar-me —balbotejava entre la ràbia i el prec.

—És que no et matarem nosaltres —el vell es va recolzar a la cadira. La cara de sorpresa de la López era evident.— Ho faràs tu.

Es va mirar un dels escortes i li va dir unes frases en el que semblava rus. El matalot es va treure un mòbil de la butxaca i l'hi va donar. El vell se'l va mirar i va fer un somriure que semblava tendre.

—Sí que és guapa, sí —va dir mentre es mirava el mòbil—. Que bonica i quina pena que li passés alguna cosa.

La Carla no entenia res fins que el seu interlocutor li va posar el mòbil davant dels morros. A la pantalleta brillava una foto de la seva filla jugant amb altres nens a la classe de quart de primària de l'escola. Li va lliscar una llàgrima per la galta dreta.

—Fills de puta! —Es va alçar irada mentre els matalots es movien ràpidament per fer-la seure a la força.— No li toqueu ni un cabell, fills de puta!

El vell, repenjat a la cadira, mirava l'escena amb un somriure als llavis.

—Tenim més fotos, si les vols veure: de la teva germana, la que viu a Torredembarra. Quins fills més preciosos que té, eh? Dos nens i una nena, de la classe dels aneguets i dels dinosaures —deia mentre mirava el mòbil—, i el teu pare, tan gran, m'han dit que pateix del cor.

—Què... què voleu? —li queien les llàgrimes i li sortien mocs del nas mentre, darrere seu, els dos gegants eslaus la retenien quieta a la cadira.

—Mira, puta —va xiuxiuejar el vell—, les oportunitats només es tenen un cop i tu la vas malbaratar, ens has tocat massa els collons. Ara només pots fer una cosa: decidir si et vols salvar tu o la teva família. És una decisió fàcil i no a tothom li donem aquesta oportunitat. Agafa-t'ho com una deferència per ser diputada —va somriure.

El vell va tornar a parlar amb un dels seus escortes, que va treure una capseta de dins de la butxaca de la jaqueta i el vell la va agafar delicadament. Era de fusta treballada amb sanefes, un pèl desgastada, petita, gairebé com un paquet de tabac; a la tapa, gravada, una icona de l'Església ortodoxa. La va posar damunt de la taula, just davant de la diputada, i la va obrir lentament. L'interior, d'un vellut rosat, tenia una petita sorpresa, tres dits tallats a l'altura de la segona falange, petits, d'algun nen o nena de menys de sis o set anys.

La López va cridar sense emetre cap so.

—Veus el pobre Miquel, una altra poma podrida, es va fer l'heroi. Mala elecció per a ell, i sobretot per a aquelles dues nenes tan espavilades que tenia.

Va tancar la tapa lentament i la va donar a un dels seus sicaris, que la va tornar a guardar. Es va aixecar de la cadira mentre se la mirava.

—Segur que ens hem entès, eh que sí?

La López estava paralitzada. El vell es va cordar l'americana de botons gruixuts i daurats i se'n va anar cap a la sortida acompanyat del seu seguici musculat.

—Ah —i va dir sense quasi mirar-la—, no tingui la temptació d'anar a la Policia, no seria la primera... Llavors faran falta més capsetes per a posar-hi més dits.

La porta es va tancar suaument deixant a dins una persona plorant desconsolada amb el cap entre els braços. Tres hores després, ja a casa, la López agafava paper i bolígraf i escrivia una nota, i minuts després es penjava al dormitori. El món s'enfosquia una mica més...

Agraïments

Els meus llibres són sempre corals, agafant d'aquí i d'allà, preguntant, incorporant-hi coses que m'expliquen o sento. Sense aquestes contribucions seria incapaç d'escriure alguna cosa amb cara i ulls. Vull agrair especialment al Jordi Boix la seva amistat i la predisposició constant a ajudar-me en aspectes tècnics. A l'Anna Sàez, pel seu retrovisor ple de records. A la Joana Soto, que, des del rigor, la professionalitat i la critica constructiva, millora sempre substancialment el text. Al Pere Culleré, pels records necessaris i a la meva mare, Magda Ballester, per deixar-se els ulls millorant i corregint el text. També a la Roser Carol i l'Àlvar Valls, un honor i un privilegi que hagin acceptat corregir (i millorar) aquest text. A l'Àlex, a qui trobem a faltar, i a l'Esther, la meva assessora jurídica personal i companya de viatge vital.

Rosas Rojas fou un dels millors grups de rock que ha tingut mai la ciutat de Lleida. Integrat per Xavier Roma (veu i guitarra), Juan Lozano (guitarra), José María Lasierra "Lasi" (baix i cors), Carlos Rodríguez / Tomás Carmona / David Vall (bateria) i Guillermo Martínez (teclats) es formà el 1988 i publicà tres discos: *El vértigo interior* (1991), *Dulce distorsión* (1992) i *Piel de tambor* (1994). Els títols dels capítols del llibre corresponen a cançons d'algun d'aquests treballs discogràfics.

Sumari